鬼沢泰治

美しき拷問の本

桐生 操

角川ホラー文庫
9410

まえがき

かつて地球上には、自分を中心に世界がまわっていると信じる権力者たちがいた。彼らは世界の富と権力を思うままにし、人民の生殺与奪の権を握って、暴虐の限りを尽くしていた。

そんな彼らが、犯した罪を白状させるためや、自分の意のままにならぬ人間を従わせるために用いたのが、〝拷問〟だったのだ。

この書では、鞭打ちから、四つ裂き、生き埋め、火あぶり、ギロチン、鉄の処女など、恐ろしい拷問の数々と、それらを愛好した暴君たちの肖像をご紹介した。同時に有為転変のなかで処刑台の露と消えた悲劇の主人公たちの、残酷な処刑シーンを再現してみた。

それらの拷問のあまりの残虐さに、あなたは時に目をそむけながらも、ついつい怖いもの見たさから、いつのまにかページの上から目を離すことが出来なくなってしまうだろう。ではあなたも、残酷とエロスと官能の匂いに満ち満ちた、めくるめく拷問の世界をお楽しみ下さい……。

一九九四年六月

桐生　操

美しき拷問の本　目次

II 処刑

Ⅲ その歴史 155

本文イラスト／千葉智美

I

拷問

カリギュラの拷問

古代ローマの皇帝カリギュラは、ネロとならぶ希代の残虐皇帝である。

彼の容貌からして、人をむかつかせるようなものだった。デップリ太って、体中にびっしり毛がはえている。ひたいがはげ上がり、頰のげっそりこけた異様な顔をしていた。これだけでもじゅうぶん醜いのに、カリギュラは鏡に顔を映して、「ありとあらゆる恐ろしげな渋面」を作ってみるのを、楽しみにしていたというのだ。

それでも西暦三七年にカリギュラが即位したとき、ローマの人々は期待に胸をふくらませたという。二五歳の若き皇帝は弁舌さわやかで、その陽気な性格は、前ティベリウス帝時代の謹厳な空気を、一掃してしまうように思われたのだ。

ところがまもなく、人々の期待は絶望へと一変した。病に倒れて生死の境をさまよったカリギュラは、命だけは取りとめたものの、すっかり脳をやられてしまったのだ。このときから、狂人皇帝カリギュラの治世がはじまった。

淫乱なカリギュラは、姉のドルシラ、妹のアグリッピナ、ユリアと、つぎつぎと欲望の犠牲にしてしまった。当時の貴婦人で、彼の毒牙(どくが)をまぬがれた者は一人もいないとまで言われる。

カリギュラは何度も結婚した。なかには数日しか続かなかった例もあるが、カエソニアとの結婚だけは長続きした。カリギュラは、友人が来ると、カエソニアを裸にさせて、友人たちのまえを行ったり来たりさせては悦にいっていた。

しかしいかにカエソニアに夢中だったからといって、他の女との関係を絶ったわけではない。カリギュラは、自分のものである女たちの首にキスしては、こう言うのをとくに好んだ。

「この美しい首も、いったん私が命令すれば、即座に落ちるのだよ」

カリギュラの残酷さと復讐欲(ふくしゅうよく)は、人々の恐怖のまとになった。毒殺、近親相姦(そうかん)、誘拐、殺人、内臓のえぐりだし、生きながらの火あぶり刑など、残虐なものなら、カリギュラはどんなものにも手を出した。

あるときなど、カリギュラは一人の剣闘士を、夜も昼も鞭(むち)打たせて楽しんだ。その男の脳味噌(のうみそ)が飛び出して化膿(かのう)し、悪臭をはなつようになると、その臭いに耐えられなくなって、ようやく彼を殺すことを許したという。

カリギュラがとりわけ好んだのは、罪人の死刑や拷問にたちあうことだった。皇帝への陰謀を疑われた者は、人々のまえで衣服をはがれて鞭打たれたり、体に烙印(らくいん)をおされたり、鉱山の強制労働に送られたり、円形競技場でライオンや熊と戦うために送られた。

牙をむく野獣の前に投げだされ、必死に自分の無実を訴えた騎士は、いったん闘技場から連れだされ、舌をチョン切られてから、また改めてもとの場所にもどされた。

　カリギュラのモットーは、「恐れられさえすれば、憎まれてもいい」というものだった。ある日彼は、闘技用の野獣の餌代が大変な巨額になることを聞くと、さっそくつぎのような命令を出した。

「死刑囚を、野獣の餌にせよ！」

　三年後の西暦四〇年、彼の暴政に倦んだ貴族たちのあいだで、カリギュラ打倒の陰謀が計画されたが、運悪く事前にもれてしまった。彼らを待ち受けたのは、残酷な血の粛清だった。

　謀叛人をつぎつぎと捕らえたカリギュラは、彼らに残酷な拷問をくわえては、苦しむさまを眺めて楽しんだ。ある者は、体を少しずつ切り刻まれながら、生殺しのままで苦しみ悶えながら死んでいった。またある者は、細長い籠におしこめられて、その籠もろともノコギリで切断された。

　こうして元老院議員の十分の一が、カリギュラの犠牲になった。人民に愛されていた、彼自身の祖母アントニアも、犠牲者の一人だったという。

　カリギュラの死は、予想もしないかたちで起こった。彼が日ごろから一番信頼していた近衛(このえ)軍団の一将校が、毎日みだらな冗談を投げつけられるのに腹をたて、宮殿内の廊下で待ちぶせて彼を暗殺したのである。まだ二九歳の若さであった。

皇帝の護衛兵が駆けつけたときはもう遅く、カリギュラだけでなく、彼の妻カエソニアも、近衛の将校に剣で刺し殺され、幼い娘も壁に叩(たた)きつけられて殺されてしまったあとだった。

カリギュラはあまりに恐れられていたので、彼が死んだという知らせを、元老院や民衆はすぐには信じなかった。彼が自分が死んだという噂(うわさ)を広め、ローマ人が自分をどう評価しているか、知ろうとしたのではないかと疑ったのだ。

カリギュラの死後、憎悪に狂った国民たちの手で、彼の銅像はすべてぶち壊されてしまった。現代に残っているのは一つだけだが、それさえ本当に彼の像かどうか分からないという。

暴君ネロの拷問

のちの暴君ネロが西暦三七年に生まれたとき、占星学者にみてもらうと、「のちに皇帝になるが、母を殺すだろう」という予言だった。母アグリッピナは感激して、「皇帝になってくれるなら、殺されたってかまわないわ！」と叫んだという。のちにこの予言は、実現されることになる。

未亡人になったアグリッピナは、三三歳のとき、実の叔父クラウディウス帝と再婚した。しかし野心的な彼女は、連れ子ネロを帝位につけるため、ネロを夫の連れ子であるオクタヴィアと結婚させたあげく、当の夫クラウディウスを暗殺してしまうのだ。

母のおかげで帝位についたネロは、しかし、しだいに自分を差しおいて女王然とふるまう母がうっとうしくなった。身の危険を感じたアグリッピナは、ネロを〝女の武器〟で誘惑して一時をしのぐが、結局は殺されてしまうのだ。

目の上のコブだった母を殺したネロは、無理におしつけられた妻オクタヴィアを追放して、愛人のポッパエアを妻にむかえようとした。こうしてオクタヴィアは、はるかティレニア海の孤島に流された。

しかしオクタヴィアの不運はそこで終わらなかった。彼女が生きていては、いつ自分の地位が危うくなるかも知れないと恐れたポッパエアが、彼女を亡きものにするよう、しきりにネロをくどいたのだ。

それに負けたネロは、ついにオクタヴィアに使者をさしむけて、自殺を命じた。しかしオクタヴィアはそれを拒否したので、縄で縛りあげられ、四肢の血管をすべて切られることになった。これは当時のローマで、よくおこなわれていた殺人法である。

だがオクタヴィアは、恐怖のため血管が締めつけられて、血が思うように出ないため、なかなか死にきれなかった。そこで結局、スチーム・バスの熱気にあてて窒息死させられてしまったのである。

六四年、ローマに起こった大火事は、六日のあいだ燃えつづけ、阿鼻叫喚の地獄絵図のなかで、ローマの大半を焦土と化した。市民たちのあいだに、放火を命じたのは、皇帝ネロ自身だという噂がひろまった。

民衆のあいだが今にも暴動の起こりかねない空気になったため、ネロはあわてて、噂をもみ消すため、別の放火犯をでっちあげることを考えた。

こうして人身御供にあげられたのが、皇帝の厳しい禁止政策にもかかわらず、ふえつづけていたキリスト教徒たちである。火災を口実に、ネロはこのさいキリスト教徒を、徹底的に弾圧しようと考えたのだ。

こうして無数のキリスト教徒たちが、身に覚えのない放火の嫌疑をかけられて捕らえられた。彼らはなぶり物にされ、想像をこえる残酷さで殺されていったのだ。

ある者は獣の皮をかぶらされ、犬をけしかけられてかみ殺されたり、闘技場で野獣のエサがわりに与えられた。また、ある者は、全身にタールを塗られて柱に縛りつけられ、暗くなると灯火がわりに燃やされた。ネロは処刑見物のため、ヴァチカヌス帝室庭園を提供したり、わざわざ戦車競技までもよおして、景気をそえたという。

しかしこの行為も、ネロの衰えかけた人気を回復することはできなかった。六五年、元老院議員や近衛（このえ）将校などが結びついて、ネロを葬り去ろうとする陰謀が計画されたが、未然に発覚して、つぎつぎ関係者が逮捕されて自殺を命じられた。

逮捕され自殺を命じられた者のなかには、ネロのかつての家庭教師である、名高い哲学者セネカもいた。セネカは雄々しく覚悟を決めて、自宅で妻や友人たちに別れを告げ、自らナイフで自分の腕の血管を切った。

ところがそこまではいいが、七〇歳近い高齢のセネカは、思うように血が出てこない。そこで足首の血管まで切ったのだが、苦悶（くもん）が長引くばかりでなかなか死に切れない。そばにいた親友に毒薬を分けてもらったが、それさえ効かないほど手足は冷えきって、全身の感覚がマヒしていた。結局は熱湯の風呂（ふろ）に入れられ、さらにスチーム・バスの熱気で命を絶つことになった。

その後も犠牲者の列はえんえんとつづき、セネカの兄も弟も、かつてはネロの寵を受けていた家臣のペトロニウスも死を命じられた。ペトロニウスはせめてもと、趣味的な死に方をえらんだ。

血管を切ってから、気の向くままに切り口を閉じたり開いたりして、血の流れを調節しながら、そのあいだずっと友人たちとお喋りをつづけたのである。

そしてネロを悔しがらせるため、死ぬまえに自分の高価な家具や宝石をすべて叩きこわした。それから饗宴の席に横になり、しだいに眠気に襲われると、うとうとしたまま、ついに目を覚まさなかった。できるだけ自然死をとげたように、周囲のものに思わせたかったのである。

のちに、ガリアの総督ガイウス・ウィンデクスが反旗をひるがえし、ローマを追われたネロが、郊外の別荘であえなく自害をとげるとき、彼はこう一人ごちたという。

「私の死で、なんと惜しい芸術家が、この世から失われることか!」

そしてついに、ネロは一気に剣を我と我が喉に突き刺した。六八年六月九日の夜明け、享年三〇年と六か月であった。

ヘリオガバルスの拷問

二一八年にローマ皇帝として即位したヘリオガバルスは、同性愛者で女装愛好家でもあり、つねに女の衣装を着て、白鉛を顔に塗って女のように化粧していた。

ヘリオガバルスは、ひまがあると街の淫売宿（いんばいやど）に入りびたり、ヒゲをぬき、目にアイラインを引き、頰（ほお）に白粉（おしろい）をぬって、荒くれ男たちに身をまかせた。

それでも満足できなくなると、王宮内に淫売宿をもうけ、そこで娼婦（しょうふ）のかっこうをして、男たちに身を売った。そして受けとった金を、取り巻き連中に得意そうに見せびらかすのだ。

さらにヘリオガバルスは、アレクサンドリアの名医を招いて、下腹部に女陰を掘る切開手術を受けた。当時、アレクサンドリアの医術は、この分野では世界一を誇っていたのだ。

ヘリオガバルスは町の淫売宿で、奴隷や労働者などと、片っぱしから男色の関係を結んだ。あげくの果ては彼らを宮廷に招（よ）んで召し抱え、領地を与えるようなことまでした。

彼の愛人ヒエロクレスはもと御者だったが、ヘリオガバルスはその美しい金髪が気に入り、宮廷でもちいるようになった。ヒエロクレスはたちまち皇帝をしのぐ権勢を誇るようになり、奴隷だった母親はローマに迎えられて、女知事の地位を与えられた。

ヘリオガバルスは、マゾヒストでもあった。自分の浮気現場を、わざと愛人に見つかるように演出した。そしてそのあとで、嫉妬した愛人が、自分に殴る蹴るの暴力をふるうように仕向けるのだ。

ヘリオガバルスはマゾヒストであると同時に、けたはずれのサディストでもあった。ときには象牙作りの龕灯がえしの天井から、無数の花々をふらせて、気に入らない相手を花の香気のなかに埋めて、窒息死させてしまうようなこともあった。

さらに大きな車輪に少年の手足をくりつけ、それを水中で回転させて、美少年が水中を見え隠れするさまを見物した。円形劇場の高座から、罪人たちの処刑を見物したり、罪人の身体から性器を切り落として、ペットのライオンやトラに投げ与えることもあった。

ヘリオガバルスは、生けにえの少年を選ぶときは、出来るだけ両親のそろった、身分の高い美貌の少年を選ぶようにした。少年の死が、少しでも多くの人間に悲しみをもたらすことを望んだからだ。

ときに彼は、生けにえの腹に手をつっこんで、内臓をつかみだしたり、生けにえの肉を生きたまま一片一片むしりとり、それをザクロの焼け串のうえであぶったりした。これは古代特有の占いのやり方でもあったのだ。

プルタルコスは書いている。

「子を持たない女は、祭壇のうえで焼くため、貧しい家の子供を買った。母親は眉(まゆ)一つ動かさず、泣き声もたてず、この光景を見ていなければならなかった。まんいち涙をこぼせば、子供を殺されたうえに、金ももらえなかったからだ」

ヘリオガバルスが、身体にアザがあるというだけの理由で、一六も年上の妻ユリア・コルネリアを国外に追放してしまったことは、人々の反感をかったが、それ以上に、彼が男子禁制だった処女神ウェスタの神殿に踏みこんで、女神の木像を盗みだそうとしたことは、大スキャンダルになった。

これだけでもショックを受けたローマ人たちは、さらに、ヘリオガバルスがウェスタの神殿から、今度は女神像ではなく、生きた人間、つまり処女尼僧アキリア・セヴェラを誘拐しようとしたと聞いて、愕然(がくぜん)とした。

ヘリオガバルスに言わせると、「聖なるウェスタの尼僧との『宗教的結婚』で、二人のあいだに神聖な子供が生まれる」ことを期待したからだそうだ。

ヘリオガバルスのあまりの不人気に、彼を帝位につけたことを悔やむようになった祖母ユリア・マエサは、彼の近い失脚をみこして、二枚目の切り札を用意した。もう一人の孫アレクサンデルである。彼は兄と違って柔和でおだやかで、いかにも人好きのする性格だった。

準備は着々とすすめられ、ヘリオガバルスがあいかわらず変質行為にうつつを抜かしているあいだに、アレクサンデルは副帝に任ぜられ、人々から慕われた。弟に嫉妬(しっと)したヘリオガバルスは、彼から副帝の地位を奪ったうえ、民心をためそうとして、彼が死んだという噂(うわさ)を流させた。

てっきり本当にアレクサンデルが殺されたと思いこんだ兵士たちは、激怒して暴動を起こし、アレクサンデル自身が姿を見せることで、やっと騒ぎがおさまった。

このとき軍隊が歓呼してアレクサンデルを新帝に選ぼうとしたので、ヘリオガバルスは騒ぎの首謀者を逮捕しようとした。しかし、かねてからこの暴君をのぞくチャンスをうかがっていた軍隊は、このときとばかり彼に飛びかかり、いあわせた母親もろとも惨殺してしまった。

熱狂した軍隊は、ヘリオガバルスの死体をあとかたもないほど切りさいなみ、町中引きずりまわしたうえ、最後に石を結びつけてティベル川へ投げこんだ。ときに二二二年三月一一日、四年間の在位ののち、まだやっと一八歳の若さであった……。

妲妃の拷問

中国最古の王朝といわれる殷王朝の、最後の皇帝辛は、別名、紂王と呼ばれる。紂王とは、人間味のかけらもない鬼のような皇帝のことを言うのだそうだ。

そんな鬼のような皇帝が愛した、鬼のような女が妲妃である。紂王が有蘇氏の国を攻めたとき、有蘇氏から降伏のしるしに娘をおくられた。娘は妲妃といって絶世の美女で、紂王はたちまち夢中になってしまった。

王の命令で妲妃のために、庭に砂丘の離宮がつくられ、そばに大きな池が掘られて酒をそそがれ、周囲の木々には肉がつるされた。みだらな曲の流れるなかで、真っ裸の男女が酒の池をおよいだり、肉の木の下でたわむれたりするのを、紂王と妲妃は見物しながら、自分たちも淫らな愛欲におぼれた。

　紂王は人民にどんどん重税を課したので、人民は「妲妃が来てから、紂王は人が変わってしまった。妲妃は狐の化身かも知れない」と噂した。これらの声を封じるため、紂王は罪もない人々を片っぱしから捕らえて、広場に立てた太い銅柱にのぼらせ、下から火をたいて、生きたまま焼きころした。

銅柱には油が塗ってあり、万一すべり落ちれば、下は火のなかだ。落ちないように必死にしがみつくと、下の火があがってきて、銅柱も焼けていく。銅柱につかまる腕や脚がじりじり焼けこげて、ムッとするような煙と臭いがあがると、囚人は火のなかに落ち、のたうちながら死んでいく。

その光景を見ながら、妲妃は凄絶な笑みを浮かべて大喜びし、紂王はそんな妲妃を抱きしめては、ともに笑い興じたという。

紂王に仕える三公のうち、九侯は娘をさしだせと言われて、従わなかったため、殺されて細切れにされ、塩漬けにされてしまった。つぎの鄂侯も、王に従わなかったため殺され、腕や脚を切られて乾し肉にされた。

これらの行状をみていたつぎの西伯は、故国に逃れて、そこでしだいに人民の人気を得ていった。こうして三公を廃した紂王は、悪家臣らにそそのかされ、ますます淫欲におぼれていった。

なかにはみかねて諫める者もいたが、紂王は耳を貸そうともしない。それどころか九侯らのように塩漬けや乾し肉にされかねないので、賢臣たちはしだいに国外に逃れていった。

いっぽう周では、西伯が死んで、あとをついだ子の発（後の武王）が、殷に反旗をひるがえした。紂王は七〇万の大軍をひきいて武王を迎えうったが、将兵たちは、紂王への長年の恨みから、ろくに戦わずに降参したり脱走してしまった。

紂王はほうほうのていで宮殿のなかに逃げもどると、もはや逃れようもないと知って、宮殿に火をはなち、無数の宝物が燃えおちていくなかに、妲妃とともに身を投げて死んでしまった。

かくて三一代、六〇〇余年もつづいた殷王朝も、あえなく滅びてしまった。時に紀元前一一二二年のことである。

呂太后の拷問

のちに呂太后となる呂稚は、秦の始皇帝の時代に中国に生まれた。夫は漢王朝の創始者として知られる劉邦（のちの高祖）である。若いころの彼はうだつの上がらない下っぱ役人だったが、呂稚の父は彼をただ者ではないと見抜き、いやがる娘を無理やり嫁がせてしまった。

彼の安月給では食べていけないので、呂稚は嫁いだその日から畑を耕さねばならなかった。しかし父の目に狂いはなく、劉邦はやがて秦に反旗をひるがえし、宿敵の項羽を滅ぼして、皇帝位についてしまったのだ。

だが皇帝になってからの彼は、古女房をほったらかし、女遊びにせいを出して、呂太后を悩ませた。それでもじっと耐えしのんでいたが、やがて夫が死んで息子の孝恵が皇帝になると、待ってましたとばかり復讐を開始した。

まず夫の愛人だった戚夫人親子を捕らえると、子を殺したあと、屈強な宦官を二人連れて夫人の入れられた牢獄に向かった。夫人のやつれても美しい顔を見ると、呂太后はこの女が夫を自分から奪ったのだと思うと、憎しみがメラメラ湧きあがってきた。

「お前の息子は今ごろあの世で、さぞかし先帝にかわいがられているだろう」

呂太后が勝ち誇ったように言うと、戚夫人は悲痛な声をあげた。

「ではお前は、あの子を殺したのか！　さっさと私も殺すがいい。あの世で息子と一緒に鬼になって復讐してやる！」

フンと鼻先でせせら笑うと、呂太后は連れてきた二人の宦官に戚夫人の着物をはぎとらせ、左右から思いきり両脚を開かせると、「これが夫をたぶらかした淫婦(いんぷ)のあなか」と、その上を力いっぱい脚で踏みつけるのだった。

数日後、今度は呂太后は、牢から引き出したばかりの凶悪犯二人を連れてやってきた。

「どうだ、いい女だろう？　お前たちが好きにしていいよ」

そういうと、戚夫人を素裸にして男たちに投げ与えた。そしてさんざん責め抜かれて息もたえだえになっている夫人に、つぎは毒を飲ませて口がきけないようにし、耳の穴に硫黄(いおう)を流しこんで耳が聞こえないようにして、両眼も無残にくり抜いてしまった。

夫人がついに気絶してしまうと、水をかけて正気にもどさせ、今度はその両腕を切り落とし、血の海のなかでのたうちまわる夫人の両脚をも切り落としてしまった。

あわれなダルマになってしまった夫人の死体を、呂太后は便所に捨てさせた。当時は便所の下に豚を飼っていて、人間の排泄物(はいせつぶつ)を食べさせていたが、呂太后は戚夫人を豚と同じように扱ったのである。

「厠に行ってごらん。面白い人豚がいるよ」

呂太后は、息子の恵帝に楽しげに言った。厠にいった恵帝は、地面にころがった奇妙なかたまりを見て、それは何かとそばの者に尋ねた。はじめてそれが、哀れな戚夫人のなれの果てだと知った彼は、涙にむせびながら、母親に「これでもあなたは人間ですか」と食ってかかった。

ショックのあまり、彼はその後国務はそっちのけで酒色にふけり、はては病いになって二三歳の若さで死んでしまった。

その後帝位についたのは、彼の妾の子だった。これも皇后に子がないので、呂太后が彼の妾の子を実の子といつわって帝位につけ、生みの母親を殺してしまったのだ。

だが、その子はやがてすべてを知って、呂太后を憎むようになったので、呂太后はさっさと彼を廃位してしまった。

その後はまったく彼女の一人舞台で、自分の一族の全員を各地の王侯に任命し、邪魔者をつぎつぎと殺しつづけた。何人殺したか、自分でも分からないほどだ。だが彼女の死とともに、呂氏一族の握っていた実権は、そっくり劉氏の手にもどってしまったというから、皮肉なものである。

フィリッポ伯の拷問

ルネサンス時代、ローマのフィリッポ伯は傭兵隊長として、あちこちから引く手あまたの人気者だった。ところが彼が留守ばかりしているあいだに、二〇歳になったばかりの若妻イザベッタが、部下と浮気していることが発覚したのだ。

フィリッポ伯は現場をおさえてやろうと決意して、「明日からフィレンツェ出張だ」と嘘をついて、城の近くに待機して妻を見張ることにした。夫の留守をいいことに、大胆にも愛人を城に連れこんで情事を楽しんでいたイザベッタは、かくて愛人との濡れ場を、夫とその手下どもに襲われたのである。

愛人の青年はその場で処刑されたが、イザベッタにはもっと残酷な罰が待っていた。まず城の地下牢に引きずっていかれ、壁に鉄輪でつながれた。そして無理やり口をこじ開けられ、釘抜きで一本一本、歯を引っこ抜かれたのだ。

ギャーッと狂ったような悲鳴をあげてあがきつづけたが、どうにもならない。こうして全部の歯を抜かれてしまうと、口からあふれる血で、白いガウンを真っ赤に染めたまま、イザベッタは地下牢にとじこめられた。

やがて牢内（ろうない）には彼女の垂れ流す汚物がたまり、部屋には息がつまりそうな汚臭がたちこめた。フィリッポ伯はそんな妻をときどき見に来たが、歯のなくなった口で必死に許しを乞（こ）う妻を、薄笑いを浮かべて眺めては、また帰っていくのだった。

しかし、彼の刑罰はここでは終わらない。ある日突然、兵士たちが牢にやってきて、抵抗するイザベッタを無理やり城の一室に連れていった。そこでは部屋の一方の壁が、一メートル四方に大きくくり抜かれていたのだ。

それを見たときイザベッタは、これから自分がどんな目にあわされようとしているかを悟った。彼女は腫（は）れあがった口を必死で動かし、命だけは助けてと哀願したが、返ってくるのは冷たい沈黙だけだった。

兵士たちは、泣きわめく夫人を両側から捕らえて、無理やり壁のくぼみに押しこみ、手早く壁のレンガを積みはじめた。またたくまにレンガの壁ができあがると、つぎに兵士たちは、白い漆喰（しっくい）をレンガのうえに塗りはじめた。

季節は夏、たちまち漆喰もかわき、他の壁面と見分けがつかなくなるだろう。なかで夫人が、どんなに泣こうと暴れようと、誰にも聞こえない。このまま恐怖のなかで狂い死にするか、窒息死していくのが、彼女に残された運命なのだ。

兵士たちはさっさと道具をしまって部屋を出ていき、城はまた、何事もなかったように、しーんと静まりかえったという。

ジル・ド・レ侯爵の美少年拷問

　フランス有数の拷問好き暴君といえば、やはり一五世紀フランスの大貴族、ジル・ド・レ侯爵だろう。若いころは国王シャルル七世に仕える立派な軍人だったが、三〇歳をすぎ、祖父の莫大な財産を譲り受けてから、残虐な快楽に身をまかせるようになった。同性愛に溺れて、美しい少年をさらっては、つぎつぎと残酷な拷問にかけて殺していったのだ。

　子供時代からジルは、暴君ネロ帝やカリギュラ帝など、古代ローマ皇帝の伝記を読むのが大好きだった。それら残虐な皇帝たちの姿に自分をかさね、自分も彼らと同じように、血みどろの拷問に身をまかせたいと熱望したのである。

　ジルは自費でサン・ジノサン礼拝堂を設立し、そのなかに聖歌隊をつくった。フランス中から美しい声と容貌の少年たちが選ばれて、聖歌隊に加入した。だが本当のところ、ジルにとって聖歌隊の用途は、別のところにあった。少年たちは神に身を捧げるのではなく、ジルの淫らな欲望の生けにえになることを強いられたのだ。

　各地から選びぬかれた美少年たちが、昼間は礼拝堂の聖歌隊席で、天使のような声を響かせて神の祝福を祈願する。ところが、夜には一変して、その肉体をジルの欲望のえじきにされるのだ。

ジルは聖歌隊から特に美貌の少年たちを選んで、宴会でお酌をさせた。少年たちは、ほとんど全裸に近い格好をさせられ、客に葡萄酒をついでまわるのだ。葡萄酒で欲望をかきたてられた客たちは、ときにはその場で少年を押し倒して、性行為を挑むこともある。

自分の愛する少年が、床に押し倒され、客たちの淫らな手で思い切りおもちゃにされるのを、ジルは変態的な快感でみまもっていたのであろう。

ジルが美少年をつぎつぎと血祭りにあげるようになったのは、彼がいかさま僧侶プレラッティの影響で、降魔術に凝りだし、プレラッティに、悪魔が子供の生き血を要求していると聞かされてからのことだ。

こうしてジルに誘拐されて殺された子供の数は、ざっと六〇〇人にのぼるという。ジルの虐殺法はたとえばこんなふうだった。まず、部下に命じて子供を真っ裸にして、猿ぐつわをかませて壁の鉄鉤に吊るさせる。

泣き叫ぶ子供があわや窒息しそうになると、ジルは駆けよって子供を鉤から降ろし、やさしく膝にのせて愛撫してやり、もう大丈夫、私がきっと助けてやるからといって、安心させる。

そして子供を愛撫するふりをしながら、後ろから一気にその首にナイフを突き刺すのだ。

ジルの欲望のために次々と誘拐される美少年たち

最後には捕えられ、処刑場に向かうジル

ギャーッと叫んで床にころげ落ちた子供のからだに、あとは手あたりしだいにナイフをつきたて、ジルは返り血をあび、目をぎらぎら輝かせて、子供の断末魔の表情をながめる。

つぎに子供の死体を脇のベッドに投げて、自分も裸になって、そのうえにのしかかって思いをとげると、今度は腹の傷口に手をつっこんで内臓をつかみだし、ひきちぎり、オノで首や手足をバラバラにしながら、狂ったような笑い声をあげる。

ときには切り落とした子供の首の品評会をもよおして、部下たち一人一人に、「これらの首のなかで、どれがいちばん美しいか。今日切り落としたぶんか、それとも昨日のか」と尋ねて、一等賞をとった首に夢中になって接吻したという。

このころからティフォージュ城やマシュクール城で、おびただしい少年の血が流されるようになった。ジルの部下たちは生けにえを探して、毎日のように村々をめぐり歩き、美貌の少年を見つけるとその家を訪ねて、子供を小姓にさしだすようにすすめるのだった。

ドラキュラ伯の拷問（1）

吸血鬼ドラキュラといえば、怪奇映画や小説などですっかりお馴染みだが、じつはドラキュラが一五世紀に実在したルーマニアの君主だったとは、意外に知らない人が多いのではないだろうか？

ドラキュラ、別名ブラド・ツェペシュは、一五世紀のワラキア公国（現在のルーマニア）の大公だった。当時のワラキア公国は、東はトルコ、西はハンガリーと、ローマ帝国の野心に、たえず付け狙われていた。

一四四四年、ドラキュラの父であるワラキア大公ブラド二世は、トルコのムラト二世から突然の招待を受け、息子のドラキュラとラドウを伴っておもむいた。ところがトルコ側のワナにかかって捕虜になってしまい、二人の息子を人質に取られ、トルコに対する忠誠の誓約書を書かされたあげく、やっとのことで解放されたのだ。

こうして一三歳のドラキュラと六歳のラドウは、人質としてコンスタンチノープルに幽閉されたが、機転のきくドラキュラは、四年後の一四四八年、ひそかに地下牢を脱出し、故郷のワラキアに逃げ帰ったのだ。

しかしドラキュラを迎えたのは、信じられないような知らせだった。すでに父と兄は一年前、裏切り貴族たちの陰謀にあって暗殺されていたのである。父と兄の墓を掘り返したドラキュラは、怒りと悲しみにはらわたが煮えくり返った。

その死にざまは、見るもむごたらしいものだったのだ。口のなかには土がつめこまれ、必死に土中から這い出ようと、土をかきむしったあとのある、ものすごい形相で息たえていたのだ。父も兄も、土中に生き埋めされたことは明らかだった。このときからドラキュラは、復讐の鬼と化したのである。

一四五六年、ドラキュラは二五歳の若さで、ブラド四世としてワラキア公に即位した。翌年にはチュルゴヴィシテに首都をかまえ、地下牢や拷問室や、高い見張り用の塔をそなえた、絢爛豪華なドラキュラ城をきずいた。こうして彼は、前からの復讐計画を実行にうつす準備を、着々と進めていたのだ。

その年の秋、城の完成パーティが開かれて、ワラキア中の貴族が何千人も招かれた。貴族らは着飾った夫人や子供を連れてやってきたが、つぎつぎと出される豪華な料理や酒にすっかりご満悦だった。

酒宴もたけなわのころ、ドラキュラがよもやま話のついでのように、さりげなく切りだした。

「ところでキミたち、これまで何人の君主に仕えたことがおありかな？」

酔って、口が軽くなっていた貴族たちは、カラカラと笑って答えた。

「さよう、八人でしょうか」

「いや、私なんかは三〇人は下りませんよ」

もっとも少ない者でも、八人という答えだった。彼らは腹のなかで、ドラキュラの地位も長いことではないだろうと、ひそかにあざ笑っていたのだ。

とたんにドラキュラの顔からサッと血が引き、鋭い尖った声がとんだ。

「忠誠を誓った主君を平気で裏切る虫けらどもめ。余の父や兄を殺したのが、お前たちだということは分かっている！」

ドラキュラの合図で、武装兵士らが、宮殿中の門や扉をばたばたと閉ざしていった。それからは、文字どおりの地獄絵図がはじまった。ドラキュラの命令で、一人の幼児があっというまに八つ裂きにされ、生首からしたたる鮮血が、子供の母親の口に無理やり流しこまれた。

つぎには一人の貴婦人が裸にむかれ、兵士たちの玩具にされたあげく、全身を切り刻まれ、その肉を大なべで煮られて、夫である貴族の口に無理やりねじこまれた。

「裏切り者の末路がどんなものか、いまこそ思い知るがいい！」

その後五〇〇人以上の貴族とその夫人たちが、つぎつぎと宮殿の庭に引きだされ、生きたまま木の杭に串刺しにされたり、全身を細切れにされて、無残に殺されていったのである。

ドラキュラ伯の拷問(2)

ドラキュラが好んだ拷問の一つに、〝串刺し刑〟がある。

一四五六年、二五歳の若さでワラキア公となったドラキュラは、さっそく大敵トルコへの反撃をはじめた。ガルナシュ山頂に難攻不落のポイエナリー城を築き、ここを根城にトルコの砦をつぎつぎと落としていった。

一四六一年、二人のトルコ使節が、ドナウの港ジュルジーを訪れた。名目は和平交渉だったが、じつはドラキュラを罠にかけて捕らえるようにとの密命をスルタンから受けていた。

敵の魂胆をみぬいたドラキュラは、使者を酒と御馳走ですっかり油断させ、彼らが寝こんだすきに、ひそかに多数の兵士にジュルジーの町を囲ませて夜襲をしかけた。この戦いで二三〇〇〇人のトルコ兵が殺され、二万人の兵が捕虜になった。

町はずれの平野で、捕虜たちは裸にむかれ、スルタンへの報復として、生きたまま棒に串刺しにされた。例の二人の使者はドラキュラをあざむいた罰として、特に長い棒に突き刺された。

串刺しの棒は、長さ三キロ、幅一キロにわたって、えんえんと続いた。これら口や尻(しり)から棒の突き出た無残な死体にはカラスがたかり、周囲にはムッとするような死臭がたちこめた。

なかなか死ねないで苦しみもだえる者、カラスに肉をつつかれ悲鳴をあげるもの、血を吐くような呪(のろ)いの言葉を叫びながらカッと目を見開いて死んでいく者……。

進んできたトルコ兵は、身の毛もよだつような光景に迎えられ、ぞーっとしてすっかり士気をなくしてしまったという。

串刺しというのは、当時はごく一般的な処刑法だったが、ドラキュラは特にそれがお気に入りだった。普通は片足ずつそれぞれ馬にくくり、少しずつ股(また)を割きながら棒に刺していくのだが、ドラキュラは棒の先を丸くして、犠牲者の断末魔の苦しみが少しでも長引くようにしたというから、残酷だ。杭への刺し方も、ときにはからだを宙吊りにして上から刺したり、手足をむしりとってから刺したりした。

一四五九年四月、トランシルヴァニア山麓(さんろく)のブラショブの町で、ドラキュラが貴族たちを集めて宴会を開いたとき、なんと屋外の会場には串刺しになった死体が何百もならんでいた。

ドラキュラにしてみれば、ほんの悪ふざけのつもりだったのだろう。だが、貴族のなかのある者が、たちこめる腐臭に、思わず顔をしかめたのを、ドラキュラは目ざとく見つけてしまった。

彼はすかさずその貴族を捕らえて、串刺しにしてから言った。

「どうだ、もう臭くはないだろう！」

また、あるときは、首都チルゴジシテのドラキュラの宮殿に、トルコ王の使節団がおとずれた。君主の前に通されるときは、かぶりものを脱ぐのが礼儀なのだが、使節たちはイスラムの教えにそむくことになるからと、ターバンを脱がなかった。

するとドラキュラは「そんなに脱ぎたくないのなら、一生脱がなくてもいいようにしてやろう」と、彼らのからだを左右から捕らえて、ターバンを頭にクギで打ちつけてしまったのだ。

エリザベート・バートリの拷問(1)

一六世紀ハンガリーの伯爵夫人、エリザベート・バートリは血のお風呂を何より好み、つぎつぎと若い娘を近くの村から誘拐させてきた。彼女の犠牲になった娘の数は、実に六〇〇人にのぼるという。

エリザベートが〝血のお風呂〟に夢中になったきっかけは、こうである。自分の美貌には絶対の自信があった彼女だが、つづけて四人の子を生むと、さすがに肌にシミやシワが増えてきた。あわてて妖術使いにもらった薬草などもためしてみたが、たいした効き目はない。

ある日、鏡のまえで新米の侍女に髪をすかせていたエリザベートは、侍女の手つきのあまりの不器用さに思わずカッとして手をふりあげた。侍女の頰を打ったとき、はめていた指輪がその頰をかすって、一滴の血がエリザベートの手に飛び散った。

気のせいか、血のついたところが、ほかの部分よりつるつるしてきたような気がする。そうだ、これだ。妖術使いさえ知らなかった美容法がここにある。若い娘の血、それをぬぐいさったあとの、つるつるした肌!

美貌を保つために娘
たちを拷問したエリ
ザベート・バートリ

娘たちの虐殺を楽しげに見守るエリザベート

ワラにもすがりたい思いだったエリザベートは、それに飛びついた。大急ぎで彼女の部屋にたらいが運ばれ、若い侍女が後ろ手に縛られて引き立てられてきた。

娘は真っ裸にむかれ、無理やり、たらいのなかに追いたてられる。下男が娘の腕を縄できつく縛り、女中が娘の全身を鞭で打ちまくり、もう一人の女中が、カミソリで娘の身体のあちこちに切り傷をつける。

腕を縛った縄が止血の役目をして、たらいのなかでのたうちまわる娘の全身から、血がシャワーのように飛び散るのだ。血が最後まで抜かれ、娘が苦悶しながら息たえると、下男がその死体を毛布にくるんでさっさと運び去る。

そして裸になったエリザベートは、たらいのなかに足を踏み入れ、そこにたまった娘の血を、喜びの声をあげながら、てのひらですくっては、全身に塗りたくるというわけである。

エリザベート・バートリの拷問（2）

このときから女中たちは、エリザベートの命令で、若い健康な娘を探して、近くの村々をさまよい歩くようになった。

伯爵夫人の侍女になれば、高い給金や豊かな食べ物をもらえると聞かされ、娘たちは期待に胸ときめかせてチェイテ城への坂道をあがっていく。しかし彼女たちを待っていたのは、身も凍るような運命だった。

まずは〝家畜小屋〟と称する、地下の石牢（いしろう）に閉じこめられ、十分な食べ物を与えられ、まるまる太らされる。彼女らが太れば太るほど、良い血が出るとエリザベートは信じていたので、市場に出す家畜のように、栄養をたっぷり与えられたのだ。しかしその後は……？

エリザベートはベテラン侍女たちに命じて、娘たちの一挙一動を監視させた。仕事中におしゃべりしたり、金をくすねたり、肌着をコテで焦がしたり……。娘たちのちょっとした失敗は、拷問を与える恰好（かっこう）の口実になった。

エリザベートが比較的ご機嫌のいい日なら、娘は服をはぎとられ、一日中真っ裸で働かされるぐらいで済んだ。娘は恥ずかしさに身体中をほてらせながら、黙々と仕事をつづける。そこを通りかかった男の従者は、全裸の娘を好色そうにチラチラ見やりながら、通り過ぎていくのだった。

しかし、エリザベートの虫の居所の悪い日は、これでは済まなかった。金をくすねた娘は、無理やり手のひらを開かされ、真っ赤に焼けた金貨をそこに乗せられた。肌着を焦がしてしまった娘は、真っ赤に焼けたコテを頰(ほお)に押しあてられた。お喋(しゃべ)りのすぎた娘は、口を太い針で縫われてしまった。

なかには口のなかに両手をつっこまれ、左右から力いっぱい引き裂かれた娘もいる。真っ赤に焼けた火かき棒を、喉(のど)の奥に突っこまれた娘もいる。

さらにあるときは、人がやっとしゃがんで入れるほどの、鉄の鳥籠(とりかご)が用意された。やがて一人の娘が、下男に引き立てられてくる。下男は娘を真っ裸にむいて、無理やり鳥籠のなかに押しこめ、滑車を使って宙につりあげる。

つぎに下男が壁のスイッチを押すと、籠の内側にむかって、何十もの刺(とげ)がいっせいに飛びだしてくる。

宙づりになった鳥籠のなかの娘は、恐怖に狂って必死に身をくねらせるが、今度は鳥籠は空中で左右に大きく揺れはじめる。娘の肉体は鳥籠のなかで細かく切りきざまれ、その血は底にあいた無数の穴から、真下のたらいのなかに降りそそぐというわけだ……。

エリザベート・バートリの拷問（3）

エリザベートの好んだ拷問で有名なものに、「鉄の処女」というものがある。「鉄の処女」は、もともと中世には、もっぱら性犯罪者用の処刑道具に用いられていた。エリザベートの「鉄の処女」は、わざわざ高名なドイツ人技師に特別注文したものである。

それは等身大の裸の人形で、皮膚は人間そっくりの肌色で、いろんな肉体の器官が、人間そっくりにそなわっている。機械じかけで目や口も開き、歯も生えていて、口を開くと残忍な微笑をうかべる。頭にはみごとな金髪が、地面にとどくほどたっぷり植えられている。

「鉄の処女」の拷問は、こうしてはじまる。いつものように、今日の生けにえに選ばれた娘が、後ろ手に縛られて、エリザベートの部屋に連れてこられる。娘は裸にされ、無理やり「鉄の処女」の前に押しやられる。

人形の胸についた宝石のボタンを押すと、歯車がきしんで、人形はゆっくりと両腕を上げる。ある程度まで上げると、人形は両腕で自分の胸を抱えこむような仕種（しぐさ）をする。すぐ前にいた娘は、逃げるまもなくその腕に捕らえられてしまうのだ。

つぎに人形の胸が観音開きに割れると、なかは空洞になっていて、無数の尖った針がはえている。人形の体内に捕らえられた娘は、それらの針に全身を突き刺され、肉を砕かれ、血をしぼられ、恐ろしい苦悶のなかでもがきながら息たえるのだ。

事が終わって再び胸の宝石のボタンをおすと、人形の腕はまたもとの位置にもどり、娘からしぼりとられた血は、人形の体内からみぞを通って、下の浴槽に流れこむ。そしてここに、エリザベートが裸になってゆっくりとからだを浸すというわけだ。

エリザベート・バートリの拷問（4）

またあるときは、一人の侍女が、外出から帰ったエリザベートの靴を脱がせようとして、慌ててエリザベートのくるぶしの皮を剝いでしまった。

カッとしたエリザベートが、娘の顔を力いっぱい打ちすえたので、娘の唇から血がほとばしった。娘はキャッと叫んで後ろに飛びすさり、何が起こったのか分からないかのように、ぼんやりと女主人をみあげた。

エリザベートは苛立って立ち上がり、お気に入りの下男を呼ぶ。下男は彼女に命じられ、赤くなったおきの上に、焼きごてをのせて運んでくる。

「わたしがこの手でやるから、お前は娘をつかまえていておくれ」

エリザベートが下男の耳もとでささやくと、下男は娘につかつかと近より、その腕を後ろにねじりあげて押さえつけた。そしてエリザベートが娘に近づき、そのスカートをやおらまくり上げる。

「このエリザベート・バートリを傷つけたら、どんな目にあうかとっぷり教えてやる」

暴れくるう娘の口を下男が押さえ、もう片方の手が頰を平手打ちにする。

やおらエリザベートが娘の素足に、最高温度に熱した焼きごてを押しつけると、ジュッという音とともに、肉の焼ける臭いが部屋中にひろがり、娘のからだはフライパンのうえのエビのように大きく飛びはねると、やがて動かなくなった。

すでに娘が気絶したのもかまわず、エリザベートはそのこちこちに干からびて褐色に変わった足裏に、なおも焼きごてを押しつけつづけた。

「ほら、お前にもきれいな靴を作ってやったわ。真っ赤な底までついているじゃないの」

エリザベートはそう言いながら、目をぎらぎら輝かせ、婉然とそばの下男に笑いかけるのだった。

エリザベート・バートリの拷問（5）

またあるときは、一人の女中が梨を一個盗もうとしているところを見つかった。その日、城の中庭を、奇妙な行列が進んでいった。厳しい表情で唇を固く嚙みしめたエリザベート、真っ裸で後ろ手に縛りあげられ、肩をこづかれ無理やり歩かされる若い娘。そしてその縄のはしを持った下男……。

一本の樅の大木のまえで、とつぜんエリザベートは立ち止まると、ここに娘を縛りつけるよう、下男に命じた。

「しっかりお縛り。あとでゆるむようなことのないように」

逃れようともがく娘の腕に、たちまち縄は幾重にも食いこみ、下男が縄を引くと、両足がふわりと宙に浮いた。腕と脚にまわされた縄に、全体重が支えられることになり、口で言えないほどの苦しみだった。食いこむ縄に締めあげられて、四肢は彎曲し、全身がコチコチに硬直した。

それがすむと下男は姿を消し、やがて蜂蜜の入った壺を抱えてもどってきた。エリザベートは衣服の袖をまくると、指で蜂蜜をすくいあげ、娘のからだに塗りはじめる。

エリザベートの指の下で、蜂蜜はくまなく押し広げられ、太陽の熱と娘の体温で、たちまち溶けていった。首筋、乳房、下腹、そして手足と、全身くまなく塗りおわると、手を洗いながら、エリザベートは満足げに微笑した。

翌日、久しぶりに戦場から帰ってきた夫を、エリザベートはその樅の木の下にさそった。日中のすさまじい酷暑で、娘はほとんど気を失っていた。首はがっくり肩にのめりこみ、太陽に焼かれて赤らんだ肉体の一面を、蟻やハエが黒々ととぐろを巻いていた。

「このままにしておいては死んでしまう、もう罰は十分ではないか」という夫に、エリザベートは平然と、城中の召使をみな呼びあつめ、見せしめとしてこの木の周囲を行進させようと提案した。

ただちに集められた召使たちが、目をふせて黙々と木の周囲を行進する足音が、闇のなかに不気味に響きわたった。それがすんだあと、ようやくエリザベートは、半死半生になった娘を解放してやったのである。

エリザベート・バートリの拷問（6）

さらに、こんな変わった拷問もある。ある冬の日のこと、エリザベートは散策の途中、湖のほとりで急に馬車をとめさせ、隣にのせていた召使の娘をおろした。従者たちが松明（たいまつ）をかかげるなかで、娘はあっというまに服を脱がされる。凍（い）てつく風に吹かれて全身は紫色になり、激しい悪寒のなかで娘は泣きさけぶが、両側から男たちに押さえつけられて、身動きすることもできない。

そのあいだに、下男がつるはしで叩（たた）いて湖の氷をこわし、その奥に凍らないまま残っている水を、手おけで汲（く）みだし、ゆっくり娘の体にそそぎはじめたのだ。

凍てついた水の焼けるような感触に、娘はのたうち、松明の火に向かって力なく動こうとした。しかし零下何十度の気温のなかで、水はたちまち肌のうえで凍りつき、第二、第三の水がつぎつぎと氷の層を厚くしていった。こうして娘は、半透明の氷の像に変身したのである。

作業が終わると、エリザベートは馬車から降りて、豪奢（ごうしゃ）な毛皮にくるまって娘に近づいた。この氷の像に、まだかすかに命が残っているのに気づくと、彼女はカラカラと愉快そうに笑いながら、ゆっくりと像のまわりを一巡するのだった。

「これを持って帰って、部屋に飾っておけないなんて、本当に残念だわ……」

かくて氷の像はつもった雪のうえに打ち捨てられ、馬車は何事もなかったように、また出発していったのである。

エリザベート・バートリの拷問（7）

ある日、城に着いたばかりの侍女たちを集めて、豪華な宴が催されたことがある。農家の娘たちは垢だらけの体を洗われ、髪をとかされ、きれいなドレスを着せられた。大広間に通された娘たちは、びっくりして息をのんだ。火のともされた燭台、銀食器やガラス器がずらりと並ぶテーブル。豪奢な錦のタペストリー……。

何もかも、初めてみるものばかりだ。それにしても、なんでただの召使である自分たちがこんなところに招かれたのだろう？

おっかなびっくり席につき、ひそひそ話をしていると、いよいよ女主人エリザベートが、豪奢なビロードのドレスで着飾ってあらわれた。

こうして宴ははじまり、つぎつぎと豪華な御馳走が運ばれてきた。娘たちは気まずい沈黙のなかで、黙々と不器用な手つきでナイフやフォークをあやつった。

そのときドアが開き、二人の下男が入ってきた。二人は手にしたナイフで、テーブルのうえのローソクの芯を切りはじめた。これも何かの趣向なのかと思って、娘たちは黙って見ていた。

れた。つぎの瞬間、部屋のどこかでギャーッという叫びがあがる。うろたえた娘たちはガタガタと椅子を引いて立ちあがり、にわかに部屋はざわめきたった。

「席をはなれてはいけない。自分の席をはなれてはいけない！」

下男たちはそう叱りつけながら、手にしたナイフで手早く娘たちの首をはねていった。彼らがときどき娘たちの首を手さぐりで探しては、まちがって相手の手にふれ、クスッと笑いをもらすのが聞こえた。そしてそれにつづいて、身も凍るような叫びがあがる。

この瞬間を永遠のものにするために、エリザベートは作業をあまり早く進めないようにと彼らに命じた。

闇のなかで、彼女は感じていた。手のなかに探りあてる娘のかわいらしい首。それにナイフで切りこむときの確かな手ごたえ。血が一挙に吹きだし、娘の首が胴からはなれて、床にころげ落ちるときの、あの解放感……。

そのとき世界は、エリザベートの手のなかにあるのだ。

すべてが終わったとき、部屋は再び果てしない静けさに包まれた。燭台に火がともされ、血まみれの首や、ドレスをつけた首のない胴体のころがっているなかで、エリザベートは突如ものすごい食欲を発揮して、その夜の御馳走をたいらげたのだった。

ジンガ女王の拷問

ジンガ女王は一七世紀の、アフリカ南西部にあるアンゴラ帝国の女王である。浅黒い肌の美しい娘だったが、けたはずれの野心の持ち主で、一六三二年に、とうとう兄を殺して、王位を奪いとってしまった。

その後ジンガは、自分の幼い息子までを、国外に追放してしまった。たとえお腹をいためた子供でも、彼女にとっては、王位をめぐるライバルでしかなかったのだろう。ジンガは人肉を食べる習慣があり、ときにはたった二日のあいだに、一三〇人の子供を殺して食用にしてしまったことがあるという。

ときには褐色の肌のたくましい戦士たちが、ジンガ女王の目前で雄々しく戦うことを命じられた。勝った者は、しばらくは彼女とベッドをともにすることを許された。

しかし彼女の猛烈な欲望に必死でこたえたのもつかのま、男は結局は殺されてしまうのだった。ジンガは男の体からほとばしる血を見ると、異常に興奮するのである。

ジンガは自分専用のハーレムをつくるため、全国から好みのタイプの男たちを駆り集めさせた。彼らの義務はひたすら、女王の快楽に奉仕し、その異常な性欲を満足させることだった。

ある日、ジンガ女王は、そのなかでも特にたくましい男たちを、宮殿の庭に集めるよう命じた。さっそく二〇人の筋肉隆々の男たちが牢獄（ろうごく）から引き出され、女王のまえで、どちらか一方が死ぬまで戦うように命じられた。

試合で勝ちのこった勇者たちは、女王のまえに召しだされた。彼らは自由を与えられ、うまくいけば褒美をもらえるのではないかと期待した。ところが彼らを待っていたのは、恐ろしい鞭打ち（むちう）の刑だった。それもジンガ女王みずから鞭をとって、死ぬまで彼らを打ちつづけたのだ。

ジンガ女王の残酷さは、日を追うごとに激しくなっていった。あるときは地方を視察中、女王はある農夫のささいなあやまちに腹を立て、農夫の村の住民を片っぱしから捕らえて、牢に放りこんでしまった。

水も食べ物もなく、何日間も閉じこめられていたあと、六〇〇人の村民は、ある日とつぜん宮殿の庭に引き出された。彼らが恐る恐る顔をあげると、目の前には祭りの日のように着飾ったジンガ女王が立っており、女王のまえには、巨大な石の粉ひき機が置かれていた。

残酷な笑いを浮かべた女王は、六〇〇人の村民に、粉ひき機のまえに一列に並ぶように命じた。そして女王がそばの家臣に目であいずをおくると、その後は身も凍るような地獄絵図がはじまった。

村民たちは真っ裸にされて、つぎつぎ粉ひき機のなかに放りこまれ、あっというまに生きたままくだかれ、碾かれたのである。あわれな犠牲者からしぼりとられた血は、大きなたらいになみなみと注がれて、ジンガ女王のまえに運ばれた。当時、人間の生き血を飲むと、若さと美貌を保てるという迷信があったのだ。

ジンガ女王は目を血走らせながら、ものすごい勢いで、目のまえに運ばれたたらいの血をすりはじめた。口の両端からは真っ赤な血があふれ、見るからにゾッとするような光景だったという。

美しき毒殺魔と水責め拷問

一七世紀フランスの貴婦人マリーは、パリの上流貴族、ド・ブランヴィリエ侯爵の妻だった。生まれつき淫乱な女で、幼いころから兄や弟たちと、つぎつぎと近親相姦の関係を持ったという。

さらには夫そっちのけで、騎兵将校サント・クロワと不倫の関係になった。裁判官である彼女の父は、見るにみかねて、とうとうサント・クロワを牢にぶちこんでしまった。

恨み骨髄に達したサント・クロワは、牢獄内で知ったイタリアの名高い毒殺魔に、毒薬の作り方を教わり、マリーの父を復讐のため殺そうと決意したのである。

マリーも、父を殺すことに賛成した。単に恨みが晴らせるだけでなく、莫大な遺産がころがりこんでくるからだ。彼女はまず、毒の効き目をためすために、毒入り菓子をつくって慈善病院を訪れ、患者に食べさせてみた。

そして誰にもバレずに毒を飲ませられることが確かになると、毎日父の食物に少しずつ毒をまぜ、不治の病にして殺してしまった。欲の皮のつっぱった彼女は、さらに遺産を独り占めにしようと、二人の弟を毒殺し、その妻や妹まで殺してしまったのだ。

しかしマリーは、一度も警察に咎(とが)められはしなかった。当時の医学や警察の捜査は、現代のように進歩していなかったので、犯人が白状しないかぎり、警察も手の出しようがなかったのである。

　それからのマリーの〝毒薬遊び〟は、とどまるところを知らなかった。頭の悪い我が子を毒殺しようとしたり、子供の家庭教師との浮気を清算するため毒を飲ませたり、サント・クロワが自分の夫と同性愛であることを知ると、夫まで殺そうとした。

　しかし一六七二年、サント・クロワが自分の作った毒をあやまって嗅(か)いで死んでしまうと、警察が彼の邸(やしき)で、マリーが多くの毒殺をおこなったことを示す、証拠書類を押収した。一度は外国に逃げたマリーも、ついに当局に捕らえられてしまったのだ。

　マリーはパリに送られ、残酷な拷問にかけられることになった。彼女がかけられるのは、水拷問、それもとくに厳しい〝エクストラ・オルディネール（特別）〟だった。

　マリーは一糸まとわぬ素裸にされ、両手足をそれぞれ拷問台に縛りつけられた。高い台で背中部分を支えられるので、体は大きく弓なりになり、乳房が盛りあがり、両足が開いて恥ずかしい部分が男たちの目にさらされるのだ。

　マリーの口に、無理やり牛の角の漏斗(じょうご)が差しこまれる。これから五時間にわたって、つづけて水槽いっぱいの水を注ぎこまれるのだ。被告の腹がふくれてくると、助手たちが腹のうえに馬乗りになって水を吐きださせ、また水をそそぎこむのである。どんな強者もドロを吐くと言う、すさまじい拷問だった。

水が注がれるにつれ、乳房が激しく波うち、胸や腹の肉がぴくぴく痙攣しはじめる。苦しくて息をつこうとすると、却って水を飲みこんでしまい、咳がとまらなくなってしまう。わざとマリーの苦しみを長引かせようと、ときどき拷問吏が漏斗をはずし、膨れあがった腹を上から押さえこむと、マリーは全身を苦しげにもだえて、げえげえ大量の水を吐くのだった。

こうして胃がからになると、また拷問吏が水をそそぎはじめる。顔から胸にかけて赤紫に染まり、心臓が早鐘のようにうちはじめ、頭がガンガンして破裂しそうになる。ついに全部の水を飲みおえたとき、激しい痙攣に全身が大きく波うって、マリーはそのまま動かなくなってしまった。下半身は耐えられず洩らした小水でびしょびしょに濡れ、ほとんど仮死状態だった。

結局、一六七六年七月一七日、マリーはパリのグレーヴ広場で首を切られ、死体を燃えさかる炎のなかに投げこまれることになった。処刑の直前に、マリーは死刑執行人にこう言ったという。

「多くの人々が悪事を働いているというのに、なぜわたしだけがこんな目にあわなきゃならないのかしら?」

おそらくこれが、美しき毒殺魔の、最後のいつわらざる感情だったに違いない。

サド侯爵の拷問（1）

ところで拷問といえば、その専売特許みたいな存在が、一八世紀フランスの作家、サド侯爵である。言うまでもなく、あの〝サディズム〟の語源になった人物だ。

一七六八年四月三日の朝、パリのヴィクトワール広場に、灰色のフロックコートに白いマフにステッキという、きざな出で立ちのサドが、さっそうと馬車から降り立った。彼は通りで物乞い（ごい）をしている若い女乞食（こじき）に気づくと、つかつかと近づいて、「うちで召使として働く気はないか」と尋ねたのだ。

女がとまどいながらも承知すると、彼は女を馬車にのせ、馬車は牧場や森のなかを走って、やがてパリ郊外アルクイユの瀟洒（しょうしゃ）な邸の前でとまった。サドは女乞食を一階の小部屋に案内すると、ガラリと態度を変えて、荒々しい口調で服をぬげと命じたのだ。女がそれでは話が違うと抵抗すると、「命令に従わないと殺すぞ」と脅し、無理やり着ているものをはぎとった。

そしてサドは女乞食をソファに腹ばいに押し倒すと、縄で手足を縛りつけ、鞭（むち）でいきなり女の尻（しり）を力まかせに打ちはじめたのだ。女が悲鳴をあげると、「黙らないと殺すぞ」と短剣をつきつけてすごんでみせる。

なおもサドは、鞭で女の背や尻を打ちつづけた。おさえようとしても、うめき声はもれ、女は自由にならない手足を必死にあがきつづける。そのうちに鞭がだんだん激しく速くなると、なんとサドは甲高い叫びをあげたかと思ったとたん、その場で射精したのだ。

やっと拷問が終わり、体中血だらけになった女は縄をとかれた。すすり泣きながら下着を着ようとすると、サドがブランデーの瓶を持ってきた。これを傷口につけると、痛みが軽くなるというのである。

ところがそのとおりにすると、ますます飛び上がるような痛みだ。サドが奥に引っ込んだすきに、女は急いで周囲をみわたし、そこにあったベッド・カバーを二枚結びあわせて縄をつくった。さらにそばにあった短刀で鎧戸をこじあけて窓をひらき、ベッド・カバーを窓わくに結びつけて、それをつたって裏庭に滑りおりた。

女は塀をよじのぼって、裏の空き地に抜け、やぶれた下着を足にからませながら無我夢中で走りつづけた。途中で会った村の女にどうしたのかと聞かれて、一部始終を話すと、しだいに人だかりが出来、村中が大騒ぎになった。女は村人の家に保護され、誰かが憲兵隊のもとに知らせに走っていったのである。

サド侯爵は一八世紀、ブルボン王家につながる、そうそうたる名門貴族に生まれた。二三歳のとき、彼は終身税裁判所長官であるモントルイユ氏の娘、ルネと結婚する。父の放蕩三昧で経済的に窮していたサド家のほうでは、成りあがりである相手の莫大な資産が目あて。いっぽうモントルイユ家のほうは、この縁組で王家と親戚になれるのが目的だった。

しかし「アルクイユ事件」は、それまでサドがかぶっていた紳士の仮面を、一気に引きはがしてしまった。隠されていた彼の〝サディズム〟という異常性癖が、はじめて明るみに引き出されたのである。

サドの悪名はたちまちパリ中にひろまり、女乞食は虐待のおかげで体が不自由になり、仕事が出来なくなったと、莫大な慰謝料を要求してきた。七か月の拘留後、サドはようやく解放された。

しかしおとなしくなったと思ったのも束の間、またもサドは性懲りもなく一騒動を起こすのだ。つぎの「マルセイユ事件」は、妻子とともに南仏ラ・コストの城に移り住んだサドが、世間を大きく騒がせた事件である。

サド侯爵の拷問（2）

一七七二年に起こったマルセイユ事件は、サド侯爵の悪名をさらに有名にした事件である。その年の六月半ば、サドは下男を連れて近くのマルセイユにやってきた。

下男は町で見かけた娼婦（しょうふ）に近づき、「おれの主人が遊び相手を探しているんだが、いい娘はいないかね」と話しかけた。「あたしの知り合いでいいなら、何人か集められるわよ」という返事に、とんとん拍子に交渉はまとまり、翌朝、娼婦仲間の家に皆が集まることになった。

約束の時間に集まってきた娘たちは、マリエット、マリアンヌ、マリアネット、ローズなど、みな若い盛りのぴちぴちした娘ばかりだ。まもなく灰色の燕尾服（えんびふく）にシルクのチョッキに羽飾りつきの帽子という、きざな出で立ちのサドも到着した。おそらく娘たちのほうでは、この分ではいい金儲け（かねもう）けになりそうだと、ひそかに胸算用していたことだろう。

部屋に入ると、サドはまずマリアンヌと下男だけを中にいれた。そして二人を裸にしてベッドに横たえ、いきなり娘を鞭（むち）で打ちはじめると、もう一方の手で下男の局部を愛撫（あいぶ）しはじめた。

そうしながら、自分が下男を「侯爵さま」と呼んでかしずき、下男には逆に、自分を「ラ・フルール（花のこと）」と呼ばせるのだ。

つぎに妙な匂（にお）いのするボンボン（実は催淫薬（さいいんやく））をポケットから出し、「大丈夫、ただのおならの出る薬だよ」と言って、マリアンヌにすすめた。マリアンヌがためらいながら二、三つぶ口に運ぶと、今度はサドは娘をいきなり押し倒して、後ろから攻めはじめる。

さらに彼は娘に鞭をわたして、今度は自分の尻（しり）を打ってくれと命じた。初め驚いていた娘も、言われたとおり彼の尻を力まかせに打ちはじめると、「もっと、もっと！」と、しだいにサドは興奮して息が荒くなり、そのままオルガスムに達してしまった。

つぎに呼ばれたのはマリエットである。サドは彼女を裸にすると、ベッドの足元にひざまずかせ、鞭で尻を打ちはじめる。娘に思う存分悲鳴をあげさせたあげく、今度は彼女に自分を打ってくれとたのんだ。

打たれているあいだ、受けた鞭の回数を壁にナイフで刻みつけたようで、八五九という数字があとに残っていたという。さらにはマリエットをベッドに押し倒して犯しながら、一方で下男に自分を後ろから犯してくれと命じた。

今度はローズが呼ばれ、やはり裸にされてベッドに横たえられた。サドの命令で、下男が彼女に襲いかかる。二人がひとしきりくんずほぐれつやるのを見物してから、つぎにサドはさっきのように娘を鞭うちながら、一方の手で下男を愛撫。鞭打ちが終わると、今度は下男に娘を後ろから犯させて、それを見物する。

最後に呼ばれたのは、マリアネットである。彼女はベッドにころがる血まみれの鞭を見ると、キャッと叫んで逃げだそうとした。それをサドが後ろから捕らえて無理やり部屋に引き入れた。

つぎに、さっき出ていったマリアンヌを再び呼び入れて、ベッドに押し倒した。そしてマリアネットに、「よく見てろよ」と命じると、その目のまえでマリアンヌをひとしきり鞭でうってから、後ろから犯しはじめる。

すると今度は下男が後ろからサドを攻めはじめ、かくて、三人の男女のくんずほぐれつの絡み合いとあいなった。あまりのことに、マリアネットは部屋のすみでじっと両手で目をふさいでいたという。

まあ、ようするに、今でいう乱交パーティをくりひろげたのである。

ヒトラーの拷問

第二次世界大戦中、アウシュヴィッツ、ダッハウ、トレブリンカ、マウトハウゼンなどのナチスの強制収容所で、約六〇〇万人におよぶ人々が殺されていった。

アウシュヴィッツはポーランド南部の沼沢地にある、過疎の死んだような町だ。そこに一九四〇年二月、ナチスの強制収容所が開設されたのである。新所長に任命されたルドルフ・ヘスは、ここをたちまち〝理想的〟な収容所に完成した。

ヘスの考えだした方式は、身の毛のよだつようなものだった。ドイツや東ヨーロッパ各地から、毎日のように無数のユダヤ人が送られてくる。列車はアウシュヴィッツの特設プラットホームで停まり、怯(おび)えた表情のユダヤ人たちが列車からあふれだす。

すると収容所幹部が、こんな説明をおこなうのだ。

「これから体の消毒をおこなう。その後、男は道路や家をつくり、女は家事の手伝いをすることになる。子供たちは母親と一緒に住めるから安心するように」

やがて親衛隊の係官のまえで、囚人は強制労働に耐える健康なものと、病弱者や障害者や老人や子供などの二つのグループに分けられる。前者は線路の右に、後者は左に並ばされる。

前者の健康なほうは、今日からここに収容されて、軍需工場で働かされることになるのである。だが、後者のほうは……？

後者の人々は、これから消毒をおこなうのだと言われ、トラックに乗せられる。しばらく行ってトラックを降りると、地下の脱衣場に案内される。そこには、それぞれ番号をふった衣類かけが並んでいる。

「消毒液のシャワーをあびたあと、衣類をまちがえないように、各自、自分の番号を覚えておくこと」

人々はそう念を押され、着ているものを脱いで廊下に出る。「浴室および消毒室」へ導く矢印があり、二人の係官に案内されて、シャワーや水道の栓がたくさん並んだ〝消毒室〟に到着する。

全員が室内に入ったのを確かめると、案内の係官はさりげなく部屋を出ていく。そしてあとには、重い扉が静かに閉ざされる。

この〝消毒室〟こそが、ルドルフ・ヘスが作りあげた「ガス室」なのだ。ドアが閉じられると、ガスマスクをつけた消毒員が、天井にあけた投入孔から、薬剤を落とす。「チクロンB」という、一種の殺虫剤である。

チクロンBは、各々三〇〇〇人を収容するアウシュヴィッツの五つのガス室に押し込まれた、ユダヤ人の汗や体温のせいで気化し、毒ガスを発生しはじめる。やがて室内から、ものすごい悲鳴が響きわたる。

ヘスが穴からのぞいていると、投入孔の近くにいる者を中心に、三分の一は即死するという。あとの者はよろめき、空気を求めてあがきはじめるが、それもつかのま、数分のうちにはみんな死んでしまうのだ。

その後、大量の死体はガス室の外に放りだされる。作業員の一団がかけつけて、鉄の鉤（かぎ）で死体の口をこじあけて金歯を探す。別の一団は、死体の肛門や生殖器に隠された宝石を探す。毎日のように、宝石や金やドルなどがざくざく出てきたという。

絶対に怪しまれないよう、一切を極秘にやれとヒトラーから命じられたヘスは、死体焼却システムの改善をはかり、二つの大火葬場を完成した。地下に脱衣室とガス室をもうけ、そこから死体をエレベーターで上の火葬場に運ぶのだ。そこでは五基の焼却炉が、一日に各二〇〇〇人を焼却した。

一九四三年三月の焼却炉の落成式には、はるばるベルリンからお偉方が出席した。この日の出し物は、在クラクフの八〇〇〇人のユダヤ人をガス室で殺して焼却するというもの。お偉方たちは、ガス室ののぞき窓からかわるがわる中をのぞきこみ、大満足でこの設備を褒めたたえたという。

Ⅱ

処刑

ジャンヌ・ダルクの処刑

一四三一年五月三〇日、北フランス、ノルマンディの古都ルーアンの広場は、異様な熱気に包まれていた。朝早くから集まってきた群衆は、まもなく始まろうとしている処刑への残酷な期待に、胸をときめかせていたのだ。

広場の中央には、木で組まれた処刑台がつくられ、その下には、高々と薪が積みあげられている。やがて灰色の囚人服を着せられた一人の娘が、泣きながら火刑台の前に引きずり出されてきた。

司教がいかめしい声で、判決文を読みあげる。

「神の名において、おまえは異端の信仰、偶像崇拝、悪魔喚起などの罪を犯したため、教会から追放し、世俗の司法権に引きわたす……」

この娘こそ、当時すでに伝説的存在になっていた、〝オルレアンの少女〟ジャンヌ・ダルクである。わずか一九歳の彼女は、イギリス軍に捕らえられ、宗教裁判を受けたあげく、魔女の烙印をおされて、処刑台の露と消えようとしていたのだ。

ジャンヌが高い杭にくくりつけられ、周囲に積まれた薪に火が点じられると、見物人のあいだにドッとどよめきがあがった。やがて薪が巨大な炎となって燃えさかり、パチパチとはぜ、ゴウゴウという炎の音が轟きわたった。

そして群衆がかたずを呑んで見守るうちに、「イエスさま、イエスさま……」と泣きさけぶジャンヌの断末魔の声が、周囲にかなしく響きわたったのである。これが、奇跡の聖少女といわれたジャンヌ・ダルクの、むごたらしい最期であった。

ジャンヌはフランス東部のドムレミ村で、貧しい羊飼いの娘に生まれた。ごくつつましい娘だったが、子供のころから信心深かった。そんな彼女が一三歳の夏、自宅の庭でとつぜん神のお告げをきいたことが、運命を決定づけた。

そのころフランスは、国家が二つに分裂していた。北西部のほうはイギリス軍に征服されて、王太子シャルルは負け戦の連続で、南部のほうに追いやられていたのである。神の声はジャンヌに、一刻もはやく王太子のもとに行き、彼を助けて軍を率いて戦い、フランスをイギリス軍の手から救うように命じていたのだ。

ジャンヌはすぐにも王太子のもとにおもむこうとしたが、家族の者は若い娘の身で戦争に行くなんてと大反対した。それをなんとか押し切って、ジャンヌはついに一四二九年二月、村の領主の好意で馬と兵士六名をつけてもらい、男装して故郷の村を出発したのである。

〃オルレアンの少女〃ジャンヌのりりしい戦士姿

王位についた後ジャンヌを見捨てたシャルル七世

一四三〇年コンピーニュで捕えられたジャンヌ

ジャンヌがパリ南部ブールジュの、王太子の宮廷にあらわれたとき、王太子シャルルはわざと粗末な服を着て家臣のなかにまぎれこんでいた。ジャンヌが本当に神の使いかどうか、テストしようとしたのだ。ところがジャンヌはすぐに彼を見分けて、まっすぐ近づいていったという。

王太子から少数の軍隊をもらうと、ジャンヌは白い馬に乗って軍隊の先頭にたった。手にした軍旗には、フランス王家の紋章である百合(ゆり)の花が刺繍(ししゅう)された。勇ましいその姿を目にすると、にわかにフランス軍の兵士たちはふるいたって、イギリス軍に包囲されていたオルレアンの町を奪回した。

それからというもの、ジャンヌのひきいるフランス軍は、まるで奇跡のように連戦連勝の勢いだった。ジャンヌ自身は、神のお告げで行動しているつもりなので、絶対の信念がある。その信念によってフランス軍兵士の士気はますます励まされ、逆にイギリス軍兵士は彼女をひどく恐れるようになり、ジャンヌが〝魔女〟だという噂(うわさ)が流れだした。

だから、ジャンヌが味方に裏切られて、イギリス軍に捕らえられると、さっそく宗教裁判所に引き渡されてしまった。なんとかして彼女が魔女だという証拠をつかむため、七五人の裁判官が五か月にわたって、あの手この手の厳しい尋問をおこなったのだ。

ところがこれに対するジャンヌの答えは、非のうちどころのないもので、さすがの裁判官たちも頭を抱えてしまった。まだ一九になったばかりの無知な百姓女が、理路整然たる受け答えをする……。しかし裁判官に言わせれば、それさえも、ジャンヌが魔女である証拠なのだった。

結局、ジャンヌは魔女の宣告を受け、一四三一年五月三〇日、ルーアンの町の広場で生きながら焼き殺された。彼女のおかげで王座についたシャルル七世（王太子）は、彼女が必要でなくなってしまうと、助けようともしなかったという。

ジャンヌの受難はそれだけでは終わらなかった。火刑台で衣服が焼け落ちるやいなや、死刑執行人はいったん火を弱めて薪をかきわけ、彼女の焼けただれた〝秘所〟をまざまざと群衆に見せつけたという。ジャンヌが聖女などではなく、ただの女にすぎないことを分からせるためである。

こうしてジャンヌは、想像を絶する苦しみのなかで、激しく短かった一九年の生涯を閉じたのである。彼女の遺体は、その後四時間もかけて焼きつくされ、骨灰はセーヌ川に投げすてられた。

それから一五年後に名誉回復の裁判がおこなわれ、魔女の汚名は濯がれるが、ジャンヌが〝救国の聖少女〟として祀りあげられたのは、英雄ナポレオンの登場で一気に英雄主義が高まる一九世紀のことである。

エドワード幼王とその弟ヨーク公の処刑

いつも観光客が引きも切らないロンドン塔だが、なかでも特に混むところが二つある。一つはダイヤ「アフリカの星」など、英国王室の財宝を展示している宝物館。もう一つは、マーチン・タワーの拷問用具の展示室である。

罪人に万歳(ばんざい)の格好をさせて手脚を力いっぱい引きのばす拷問器〝エクスター公爵の娘〟や、罪人を土下座の格好をさせて押しこめ、さらに押しつぶす拷問器具〝スカベンジャーの娘〟など、実際に使われた拷問器具や処刑用具を、興味しんしんで見物する観光客が引きも切らない。

なかでも女性客は、この場所に来ると、急に目をらんらんと輝かせるという。夫や恋人が自分を裏切って浮気でもしようものなら、この拷問道具で目いっぱい責めぬいてやろうとでも思っているのだろうか？

ロンドン塔といえば悲劇の歴史が多いが、とくに涙をもよおさせるのは、幼いエドワード五世とその弟ヨーク公のエピソードではないだろうか。

シェークスピアの戯曲『リチャード三世』でも名高いが、せむしのリチャードこと、のちのリチャード三世が、王位をねらって、甥である幼いエドワード五世とその弟ヨーク公を、ブラッディ・タワー（血塔）の一室で刺殺させる事件である。リチャード三世による幼王エドワード五世の暗殺はほぼ史実だとされ、殺害現場である血塔は現在も公開されている。シェークスピアの戯曲はあくまでフィクションだが、

一四八三年四月九日、時の国王エドワード四世が急死した。ウェールズに近い皇太子エドワードの居城と、北のグロースター公リチャードの居城に、ただちに早馬が飛んだ。

皇太子はすぐ、彼の保護卿に任命されていたリヴァーズ伯アンソニー（皇太子の母エリザベスの弟）と、グレイ卿リチャードとともに、ロンドンにむかった。そのころグロースター公のほうも、ロンドンに急いでいた。

皇太子とリヴァーズ伯の一行は、グロースター公より一足先にストニー・ストラトフォードに着いた。しかし考えてみれば、皇太子の叔父にあたるグロースター公は、幼い皇太子の即位後は、その摂政となる人物である。

リヴァーズ伯は、グロースター公をさしおいて先を急いでは、彼との仲がまずくなってしまうと考えた。そこで、皇太子をストラトフォードに残して、グレイ卿と二人でノーサンプトンに引き返したのである。

しかしこれが、大きな計算違いだった。希代の野心家リチャードは、兄が幼い皇太子を残して死去した今こそ、王位を奪う好機と見てとったのだ。リチャードは二人をにこやか

寝込みを襲われて捕らえられ、あわただしく処刑されてしまうのである。

かくてストラトフォードで待つエドワード皇太子は、まんまとリチャードの手中におさまり、彼の護衛でロンドン入りをした。弟リヴァーズ伯らの処刑を知って、不安を感じた皇太后エリザベスは、とるものもとりあえず、次男のヨーク公をつれて、ウェストミンスター寺院に避難した。

五月四日、ロンドン入りしたリチャードは、新王の戴冠式を六月二二日に挙行すると発表した。しかしこれは、実はウェストミンスター寺院に逃げたエリザベスから、王弟ヨーク公をとりあげるための計略だったのである。寺院に使者として遣わされたバウチャー大司教は、難なくヨーク公をエリザベスの手から奪りあげてしまった。

こうして先の、戴冠式予告の発表はさっさと取り消された。そのあとはリチャードの独壇場で、七月六日に行なわれた盛大な戴冠式は、エドワード五世のものではなく、ほかならぬリチャード三世のものだったのである。

かくて少年王エドワード五世はあっけなく廃位され、弟ヨーク公とともに捕らえられて、ロンドン塔に幽閉された。時にエドワードは一二歳、弟ヨーク公はわずか九歳だった。

リチャード三世の即位後しばらくは、エドワードとヨーク公の姿が、時おりロンドン塔の窓からのぞくのが見られた。いたいけな囚人の哀れさに、人々は思わず涙したものだ。

ところが八月に入って、ぷっつりと二人の姿が見えなくなった。そこでこの時点が、リチャード三世による、少年王と幼い弟王子の殺害の時期と推定されるのだ。

これまでの人殺しのなかで、これほど涙をそそる人殺しはなかっただろう。シェークスピアの戯曲のなかでは、残虐非道な人殺しをとげた名うての悪党たちも、二人の少年を殺したときのことを語るときは、思わず声をあげて泣いたという。

戯曲のなかでは、殺された瞬間、二人の少年は無邪気そのものの寝顔で、たがいに抱きあって、すやすやと寝入っていたという。その唇はふくいくと咲くバラの花びらのよう。一冊の祈禱書が枕もとにぽつんと置かれていた。

それを見て思わずほろりとしたが、暗殺者たちは仏心をふりきって、哀れな二人の少年を、あっというまに絞め殺してしまったというのだ。

しかしこうして血みどろに手を染めて得た王位だが、わずか二年後の一四八五年、リチャード三世はボスワーヌでリチモンド伯と戦って戦死してしまう。その後はリチモンド伯がヘンリー七世として王位につき、三〇年にわたった血みどろのバラ戦争も、ようやく終わりを告げるのである。

そして一六七四年、ホワイト・タワーの外階段の下から、木製の箱に入った、二体の小さな骸骨が発見された。ほかならぬエドワードとヨーク公である。二人の最期がどんなふうだったか、未だに謎につつまれているが、他の場所で殺されてから、この場所に移されたのだろうと推量されている。

それ以後、遺体の発見箇所で、二人の幼い王子の亡霊を見る者が続出した。二人の王子は生きていたときのように、いつもぴったりと身をよせあい、たがいに手を握りあっているのだそうだ。

アン・ブーリンの処刑

一六世紀のイギリス国王ヘンリー八世は、別名「青髯(ひげ)侯爵」と呼ばれる。なにしろ王妃をつぎつぎと六人もとりかえたうえ、そのなかの二人までも、根も葉もない不貞を理由に、残酷にも首をはねて殺してしまったからだ。

ヘンリー八世の女性問題でも、とくに当時の話題をさらったのが、最初の妻キャサリンとの離婚問題だろう。有名人がくっついたの別れたのだのは、恰好(かっこう)の週刊誌のネタになるが、それが一国の王ともなれば、国の運命を大きく変えてしまうこともある。

そもそもキャサリンは兄の未亡人だったのを、ヘンリー八世が無理やり妻に迎えたのだ。彼女が当時日の出の勢いの、スペインの王女だったためである。ただし兄の妻との結婚は法律で禁じられていたので、ローマ法王にお願いして特別の許可をもらった。

しかしせっかく無理して結婚したのに、キャサリンの生んだ子供たちは、娘一人をのぞいてみな早死にしてしまったのだ。これも神にそむき、法王の特別許可を得てまで、無理に結婚した報いなのだろうか？

思い悩むヘンリー八世は、キャサリンと離婚して、別の王妃を迎えようと考えるようになった。そのころちょうど目の前にあらわれた、王妃の侍女アン・ブーリンの小悪魔的な美しさに、彼はぐいぐい引きつけられていったのだ。

しかし離婚といっても、現代のように簡単にはいかない。またローマ法王にお願いして、キャサリンとの結婚解消を認めてもらうしかないのだ。しかし困ったことに、法王クレメンス七世は、当時の最強国スペインのカルロス五世（キャサリンの甥）に頭が上がらない。苛立ったヘンリー八世は、ローマ法王庁と縁をきって、イギリス独自の国教を設定しようと決意した。一五三四年、ついに議会で「国王至上法」が通って、イギリス教会はローマから独立し、いわゆる英国国教会が誕生するのだ。

ヘンリー八世のおどしに負けたカンタベリー大司教は、キャサリンとの結婚解消と、すでにヘンリーの子を宿していたアンとの再婚を認めてしまった。同時にヘンリー八世は、キャサリンを遠いアムトヒルの地に追いやり、彼女とのあいだに生まれた娘メアリを私生児におとしめてしまった。激怒した法王クレメンス七世は、ヘンリーとアンの結婚は無効で、二人のあいだの子は庶子だと声明して、ヘンリーを破門した。

しかしヘンリー八世の期待を大きく裏切って、一五三三年九月、アンが出産したのは残念ながら女の子だった。失望したヘンリー八世は、新妻を放ったらかして、外に女を囲って泊まり歩くようになった。

折しも前王妃キャサリンとその娘メアリの周囲には、アンに反感を抱く不平分子たちが集合した。叔母キャサリンに対するヘンリー八世の仕打ちに怒ったカルロス皇帝が、イギリスに兵をさしむけるのではという、不穏な噂も流れていた。

そんな一五三五年一二月、アン王妃は今度は男子を流産してしまった。ヘンリー八世は深く失望して、このさいアンを追い出して、当時関係を持っていた侍女のジェーン・シーモアと再再婚しようと考えた。ジェーンは美人でも名門出でもないが、九人兄弟という多産系なので、男子を生んでくれる可能性は高い。

かつてキャサリンと別れるため〝結婚無効〟という手を使ったヘンリー八世は、アンの場合もそれで臨むのが手っとり早いと考えた。かくて国王の命を受けた宰相クロムウェルの手で、着々とアンをワナにはめる計画が練られはじめる。

クロムウェルはアンの周囲の不平分子を集め、大金を握らせて彼女についてあることないことを述べたてさせた。アンの〝不貞〟の真相を調査する特別委員会が組まれ、アンの兄ジョージをはじめ、四人の青年貴族が彼女との不貞を疑われて続けざまに逮捕された。

五月二日、ついにアン自身も捕らえられ、ロンドン塔に送られた。起訴状には、アンが兄ジョージはじめ青年貴族たちを誘惑し、国王を殺害した後、彼らのうちの一人と結婚することを約束していたと述べられていた。

アンは塔内の広場で斬首刑に、兄ジョージや青年貴族たちは絞首刑に処せられることになった。自分が夫の〝慈悲〟で、絞首刑でも火あぶりでもなく、斬首になると聞いたとき、アンは皮肉に微笑してたずねたという。

「首切り人の腕はいいかしら？」

そして、自分の首に手をあて、

「でも、たいして苦労はしないわね。こんなに細い首ですもの……」

処刑当日の五月一九日朝、アンは陽光が照りつけるなか、ロンドン塔広場の処刑台をあがっていった。やつれてはいたが、涙も見せず、取り乱しもしなかった。目隠しをされてひざまずいたアンの上に、死刑執行人の重い刀がふりおろされると、その首は大きく跳ねあがって、籠のなかに落ちた。

アンの首はしばらくのあいだ、見せしめとして橋の下にさらされることになった。国王を〝たぶらかした〟女にふさわしい罰というわけだ。

突然の、しかも無実の不義密通でアンを処刑したヘンリー八世は、それから一〇日後に、ジェーン・シーモアと正式に結婚して、さらに世間を驚かせた。

ソールズベリー伯爵夫人の処刑

一一世紀に建てられたロンドン塔は、九〇〇年余の長い歴史をひめて、テムズ川の水面に、白い姿をうつしている。しかし一見美しい白亜の塔も、いったん過去の扉を開けば、血塗られた残酷な歴史を秘めているのだ。

城門を入ると、トレイターズ・ゲイトという、重々しい鉄の門が右手に見える。トレイターズというのは、反逆者のことだ。法廷で有罪を宣告された被告は、テムズ川を小舟で運ばれ、この門を通って城内の牢獄(ろうごく)に送りこまれたのだ。

夏目漱石はここを、「冥府(めいふ)に通じる入口」と呼んでいるが、実際、ここから牢に送りこまれて、生きて外に出た者は、ほとんどいない。そのためか、門の周囲には不気味な気配がただよって、いまも犠牲者たちの恨みがこもっているようだ。

天守閣に相当するホワイト・タワーの西側には、いまなお処刑場のあとが残っている。そこに立つ金属のプレートには、ここで死んでいった哀れな犠牲者たちの名と、処刑の年月日が刻まれているのだ。

ところでロンドン塔での処刑者のなかで、もっとも悲惨な最期をとげたのは、おそらくソールズベリー伯爵夫人だろう。

一五四一年、齢七〇歳を超える老夫人は、息子のポール枢機卿が、国王ヘンリー八世の宗教政策を批判したために、処刑されることになったのである。枢機卿自身はフランスに逃れて無事だったが、その報復に、なんと母親が斬首されることになったのである。

ソールズベリー伯爵夫人はヘンリー八世の命令で、ある朝とつぜん処刑場に引きずり出された。夫人にしてみれば、まさに青天の霹靂だったことだろう。夫人はすさまじい形相でわめき散らし、最後までなんとか命を助かろうと、断頭台のうえを逃げまわった。

しかし、薄笑いさえを浮かべた残酷な死刑執行人は、逃げる彼女を追いまわしたあげく、何度も大斧をふりおろし、三度も打ちそこねたあげく、やっと四度目に首を切り落としたのである。

この事件いらい、ロンドン塔を守る人々は、ソールズベリー伯爵夫人の亡霊に悩まされることになった。伝説によると、伯爵夫人の亡霊は、命日になるたびに庭の処刑場あとにあらわれ、処刑のときの恐怖を再現するという。

ギャーッと叫びながら断頭台のまわりを逃げる夫人を、斧を持った首切り人が追いまわす。処刑人が何度も斧をふりあげては、やっとのことで首を切り落とす、という陰惨な場面が、年に一度くりひろげられるというのだから、ゾッとするような話である。

ジェーン・グレイの処刑

ロンドン塔のなかでも、とくに血塗られた歴史にみちているのは、やはり一四世紀に建てられたビーチャム塔であろう。夏目漱石の小説『倫敦塔(ロンドンとう)』には、こうある。

「なんだか壁が湿っぽい。指先でなでてみると、ゆらりと露にすべる。指先を見ると真っ赤だ。壁の隅からぽたりぽたりと露が垂れた。床のうえを見るとその滴りの痕(あと)が鮮やかなくれないの紋を不規則に連ねる」

〝鮮やかなくれないの紋〟というのは、塔に幽閉された罪人たちが、この世の思い出に書き残した遺書である。湿った石壁に囲まれた牢内(ろうない)で、人々は嘆き悲しみつつも、せめて生きたなごりにと、辞世の文字を壁にきざんだのだ。

それら無数の文字のなかに、かすかに「ジェーン」という名前を読むことができる。彼女こそは、わずか九日間だけ女王の座につきながら、一八歳の若さで哀れにも処刑台の露と消えた薄幸の女性である。

その一五五四年二月一二日、処刑場に引きだされたジェーン・グレイは、雪のように真っ白な服を着ていた。そしてその純白の服と同じように、彼女には何の罪もなかったのである。

しかしジェーンは取り乱すこともなく、静かに首切り台に手をついて頭をのせた。つぎの瞬間、大斧(おおおの)が無情にも彼女にむかって降り下ろされ、首がにぶい音をたてて地面にころがった……。

今も命日になると、真っ白な服を着たジェーンの亡霊があらわれると言われる。最近では、ジェーンの四〇三年目の命日にあたる一九五七年二月一二日に、彼女の亡霊を見たという人がいる。

冷え込みの厳しい夜だった。夜中三時ごろ、何か物音がしたので、守衛が外に出て、塔のうえを見あげると、白い影のようなものが見えた。とっさにジェーンの亡霊だと思った守衛は、ガタガタふるえながら仲間の守衛を呼んだ。急いで駆けつけてきた仲間も、たしかにそのときジェーンの亡霊を見たという。

一五五三年当時、一五歳の英国国王エドワードは体が弱く、結婚して子をもうけるのは無理だろうと言われていた。その場合、彼の死後は義姉メアリが女王として即位することになる。しかし一方で、女王即位を敬遠する空気も強かった。

そこに目をつけたのが、野心的なノーサンバーランド公ジョン・ダドリーである。彼はメアリから王位を横取りするため、親しいサフォーク公ヘンリー・グレイの娘、ジェーンに目をつけた。

当時ジェーンは一五歳だったが、きわだった美貌のうえに、ギリシア、ラテン、ヘブライ、フランス、イタリア語を話せ、イギリス一教養ある女性という評判だった。そのうえ母は、ヘンリー七世の次女と二度目の夫のあいだの娘である。つまり彼女は、ヘンリー七世の曾孫にあたるのだ。

女王即位を邪魔するのに女性を使うのはおかしいようだが、ダドリーの計画は、自分の四男ギルフォードとジェーンを結婚させ、彼女が生む男子に王位を継がせることだった。そこで、それまでのつなぎ期間、ジェーンを女王に即位させようとしたのだ。彼は計画をサフォーク公に打ち明け、まず息子ギルフォードとジェーンを結婚させた。

クーデターの機会を虎視眈々とねらうダドリーは、エドワード国王の死がせまった一五五三年六月末、病床をたずねて女王メアリの即位の危険を切々と訴えて、ジェーンの男子に王位を継承するという勅状を、まんまと奪いとったのだ。

しかし陰謀を察したノーフォーク公は、メアリを自分の領地にかくまって、ダドリーの出方を待った。七月六日、ついにエドワード国王は世を去ったが、その死は一〇日まで発表されなかった。エドワードの死、メアリ逮捕、ジェーンの王位継承というダドリーの計画が、メアリ避難で狂ってしまったのだろう。

それでもダドリーは九日、キングズ・リンの居城にジェーンを招き、故エドワード国王の遺言で、彼女が王位継承者に指定されたことを伝えた。はじめて自分の運命を知ったジェーンは、ショックで気を失ったという。しかし彼女の気持ちとは無関係に、いよいよ翌日エドワード王の死とジェーンの女王即位が同時に発表された。

だが、陰謀計画を前もって打ち明けられていたのは、ジェーンの父サフォーク公とダドリーの息子たちだけ。有力貴族たちへの根まわしを欠いた、無謀なクーデターである。たちまち周囲の反発を食らい、これまでメアリ反対派だった貴族さえ敵にまわすことになり、ジェーン・グレイの王位は九日間で終わってしまった。

ジョン・ダドリー、ジェーン、その夫ギルフォード、ギルフォードの兄や弟など、ダドリー一家は逮捕され、首謀者のジョン・ダドリーは八月二一日に処刑されてしまった。

半年後の翌二月一九日には、ジェーンと夫のギルフォードへの判決も下り、夫はタワー・ヒルで、ジェーンはタワー・グリーンで、それぞれ処刑されることになった。

自分は何の野心もないまま、周囲の野望の道具にされた哀れなジェーンだが、誰をうらむこともなく、しずかに刑を受けたという。

幸薄い「九日間の女王」、ジェーン・グレイの物語である。

メアリ・ステュアートの処刑

生後六日目でスコットランド女王、五歳でフランス王太子妃、一六歳でフランス王妃と、メアリ・ステュアートの前半生は、まれにみる輝かしいものだった。優美なフランス宮廷で、メアリはファーストレディとして、人々の注目を一身に集めた。

バラ色の肌、端正な目鼻だち、輝くようなブロンド。このうえない美女であるうえに、六か国語を流暢(りゅうちょう)に話し、詩を作っても楽器を演奏しても、右に出る者のない才女でもある。しかし夫のフランソワ二世は、王位について一年半もたたないうちに原因不明の病気で死んでしまい、わずか一七歳で未亡人になったメアリは、祖国スコットランドに泣く泣く帰っていくことになった。

けれどメアリはここでも政治はそっちのけで、おつきの詩人とスキャンダルめいた噂(うわさ)をまきちらして、周囲をあわてさせた。このままでは先が思いやられるとばかり、周囲の者は急いで二人目の旦那(だんな)さまを探しはじめたのだ。

なんといってもメアリは、スコットランド王位という餌(えさ)を鼻先にぶらさげている。それこそ縁談は、くさるほどあった。スペイン王太子、スウェーデン王、オーストリア大公…

…。

ところがメアリが選んだのは、イギリス貴族のヘンリー・ダーンリだった。すらりとした長身で、ダンスがうまく、詩を作り楽器も演奏する優美な青年貴族というところが魅力だったのだろう。メアリは彼に夢中になり、出会って半年もたたないうちに、周囲の反対をおしきって結婚式をあげてしまう。

このとき結婚にとくに反対したのが、メアリの又従姉にあたる、隣国イギリスの女王エリザベス一世だった。九つ違いの二人は、ともに前イギリス国王ヘンリー七世の曾孫にあたる。

手紙では互いに「お姉さま」「妹よ」と呼びあい、仲むつまじいところを見せていたが、実際は激しいライバル意識を燃やしていた。それにはわけがあり、一五五八年にエリザベスがイギリス女王に即位したとき、フランス王太子妃だったメアリが、異議をとなえたのだ。

じつはエリザベスは、ヘンリー八世と妻アン・ブーリンとの娘ではあるが、ヘンリーと前妻キャサリンとの結婚解消がローマ法王に認められておらず、カトリックの見地からすれば、アンの結婚は無効で、娘のエリザベスは私生児ということになる。

そうなると、やはりヘンリー七世の曾孫であるメアリのほうが、正統のイギリス王位継承者ということになってしまうのだ。当時日の出の勢いだったメアリは、イギリスも私の

メアリの夫を殺し彼女
と結婚したボスウェル

人々を魅了したメアリ・ステュアート

監禁されていたフォザリンゲー城にて処刑されたメアリ

と署名したものだから、エリザベスに憎まれるのも無理はないだろう。

もう一つの不和の種は、メアリの〝美貌〟であった。イギリスをヨーロッパの列強にお しあげたエリザベスは、政治家としては一流だったが、女としての魅力は、メアリに一歩 も二歩もひけをとったからである。

エリザベスがメアリとダーンリの結婚に猛反対したのは、やはりヘンリー七世の曾孫で イギリス王位継承要求権を持っているダーンリと結婚することで、ますますメアリの王位 継承権が強化されることを恐れたのだった。

しかし強引に結婚したのはいいが、メアリのダーンリへの愛はまもなく冷めてしまい、 だんだん彼の欠点ばかりが目につくようになった。気が弱いくせに空威張りをし、国事に 口を出したり、人前で妻を口汚くののしったりする。

そんなメアリの心のすきまに付け入るように近づいてきたのが、世紀の恋と騒がれるこ とになる、三〇歳の壮年貴族ボスウェルであった。これまでの夫たちと違って、〝雄〟の 魅力にあふれたボスウェルは、一度ねらった女は必ずものにするので有名だった。

ボスウェルは雌の匂いにひかれて、荒々しくメアリに襲いかかる。それまで年下の柔弱 な夫しか知らなかった二四歳の彼女は、生まれてはじめて本当の〝男〟を知り、夢中にな って我を失ってしまう。そして、常識では考えられないことをやってのけるのだ。

ボスウェルの手下を使って夫ダーンリを殺させ、その直後ボスウェルと結婚してしまうのである。ある深夜、ダーンリが滞在していた別邸がものすごい爆発音とともに吹き飛ばされ、ダーンリは瓦礫（がれき）の山のなかで絞殺死体で発見される。メアリとの結婚からわずか、一年半後のことだった。

いかに暗殺と謀略の世界とはいえ、すさまじいお話である。かなりのことには慣れっこになっている人々も、これには愕然（がくぜん）としたようだ。全世界の非難の声があがり、近隣の君主たちは、一刻もはやく犯人を捕らえるよう、メアリを責めたてた。しかしもはや破滅にむかって雪崩（なだれ）落ちていくメアリに、その声はとどかない。

またたくまにメアリは不満貴族たちの総スカンを食い、彼らのひきいる反乱軍に追いつめられ、王位を剝奪（はくだつ）されて、湖にある孤島の城に閉じこめられる。ボスウェルも、彼女とのあいだを引き裂かれて、国外に追放されてしまう。

二四歳六か月、このとき栄光の日々は終わり、その後のメアリを待つのは、牢獄（ろうごく）から牢獄への日々でしかない。狂った恋の炎が、ついに彼女をここまで押しやってしまったのである。

メアリは、彼女の美しさに魅せられた看守の弟の手引きで、一度は脱走し、兵をかき集めて反乱貴族たちと対決するが、もう二度と幸運は彼女には微笑（ほほえ）まない。たちまち軍は潰（つぶ）され、メアリはわずかな手勢とともに必死に逃げのび、海を越えて命からがらイギリスにわたる。〝お姉さま〟エリザベス女王が、温かい手をさしのべてくれるのを期待したのである。

しかしエリザベス女王は手をさしのべるどころか、到着そうそう彼女を牢に放り込んでしまった。メアリの存在が、イギリスにおけるカトリック教徒たちを力づけて、反乱のきっかけになるのを恐れたのである。

メアリは一九年のあいだエリザベスによって牢に監禁されたあげく、エリザベス暗殺・メアリ擁立をたくらむカトリック貴族の陰謀にまきこまれて、ついに一五八七年、死刑を宣告されてしまうのだ。

だが、メアリはむしろ、長いあいだつづいた苦しみを、やっと終わらせることが出来るのを、喜んでいるようだった。処刑当日、彼女は熱心に衣装をえらんだ。レースの白のベール、貂（てん）の毛皮をあしらった黒ビロードの上着とマント、そして真紅のペチコート……。若き日よりベストドレッサーとして有名だった、彼女ならではの気づかいであろう。

一九年の幽閉生活で、顔にはシワが刻まれ、体は肥満していたが、犯しがたい気品がその全身をつつんでいた。

メアリがしっかりした足どりで処刑台への階段をあがり、黒の衣装をするりと肩から落とすと、真紅のコルセットとペチコートがあらわれて、人々を驚かせた。侍女がその手に赤い手袋をわたすと、全身が赤い血の色につつまれる。なんと、凝った演出であることか……。

メアリは祈りをささげながらひざまずいて、断頭台に頭をかがめると、死刑執行人の斧が、しなやかな白い首にふりおろされた。享年四四歳。華やかな前半生にくらべ、苦悩ばかりの後半生であった……。

ベアトリーチェ・チェンチの処刑

一五九九年九月一一日、ローマのサン・タンジェロ橋広場で、一人の娘が断頭台の露と消えた。名はベアトリーチェ・チェンチ、二二歳だが、まだ一七、八にしか見えない美少女だった。

罪状は父親殺しという、可憐な容貌からは想像もできない罪名だった。とはいっても、殺された父親フランチェスコは、暴行、強姦、誘拐など、あらゆる悪事に染まった鬼のような男だったのだが。

まず義母のルクレツィアが首を切られ、つぎに兄のジャコモが、熱したやっとこで背中や脚を焼かれ、槌で頭を砕かれ、からだを八つ裂きにされて、処刑台に吊るされた。一八歳の弟のベルナルドはかろうじて死をまぬがれたが、そのかわり処刑場で、兄や姉たちの残酷な死にざまを、何度も気を失いながら見守らなければならなかった。

チェンチ家は元老院議員や枢機卿などの名士を出した、ローマ屈指の名門貴族である。しかし当主のフランチェスコは、女をつぎつぎ城内にひっぱりこんでは乱痴気騒ぎをくりひろげる、悪逆無道な放蕩貴族だった。

次女のベアトリーチェがまれにみる美少女に成長すると、フランチェスコは彼女を誰にも渡すまいと、城の一室に鍵をかけて監禁してしまった。そしてそればかりか、ある晩フランチェスコは、とうとう力ずくで、ベアトリーチェの肉体を奪ってしまったのだ。

父にもてあそばれたベアトリーチェは、深く恨んで、いつの日か父に復讐してやろうと心に固く誓った。そして彼女に同情した義母や兄と組み、彼女に思いをよせていた執事のオリンピオも仲間に入れて、父フランチェスコの殺害を計画したのである。

一五九八年九月八日晩、かねてからの手筈どおり、ベアトリーチェが父に阿片を混ぜたワインを飲ませる。執事オリンピオがフランチェスコの寝室にしのびこみ、ぐっすり眠っている彼に襲いかかって、鉄槌で頭をめった打ちにする。

その後はバルコニーの床板をはがして、フランチェスコの死体をつき落とした。壊れかけていたバルコニーから、過失で落ちて死んだのだということにしたが、不審に思った警察は執拗な捜査の結果、バルコニーの穴が最近あけられたこと、それも偶然落ちたにしてはあまりに狭すぎることを突きとめた。フランチェスコの墓が暴かれて検死がおこなわれ、立ち会った医師たちは、遺体の傷が凶器で殴ったものだと証言した。

ついにベアトリーチェ、義母ルクレツィア、兄ジャコモ、執事オリンピオ、そして弟のベルナルドまでが警察に逮捕された。引きだされて拷問にかけられたジャコモは、「降ろして下さい！　何もかもお話しします！」と、意気地ない声で叫び、父に暴力をふるわれるのに耐えられなくなったベアトリーチェが、父を殺してくれるようしつこくオリンピオにせがんでいたようだと告白した。

つぎに義母ルクレツィアが引き出され、後ろ手に縛られて、滑車の下にすえられた。縄が張られると、肉付きのいい身体が弓なりになって痙攣し、ルクレツィアは恐怖の金切り声をあげた。

「お願い、お願い、降ろして下さい。何もかもお話しします！」

彼女も一切の罪をベアトリーチェにおしつけようと、ベアトリーチェが父親から凌辱されたのを根にもって、オリンピオとともに復讐を企みはじめた。自分は彼らの言いなりにならないと殺されてしまうと思って、それに従ったのだと告白した。

しかしこれらの拷問のあとでも、ベアトリーチェはなおも無実を主張しつづけたのだ。

「ルクレツィアもジャコモも、みなすでに白状したのだぞ」

「裁判官さま。わたしは本当のことだけを申しあげました。どうしてもとおっしゃるのなら、わたしをその人たちと対面させて下さいませ」

こうして、ベアトリーチェが兄弟や義母の拷問に立ち会わされるという、ドラマチックな場面が始まったのだ。

初めに連れてこられた兄ジャコモは、彼女のまえで縄で吊るされると、悲痛な声で助けてくれと叫んだが、ベアトリーチェは冷静な声で、「事実無根です。兄は悪魔にとりつかれたんですわ」と言い放つだけだった。

つぎには狂女のように髪をふりみだした義母ルクレッツィアが引き出され、再び縄で吊るされて、泣きながらこれまで述べたのはみな本当だと誓ったが、これに対するベアトリーチェの返事も冷淡なものだった。

「あの女は口から出任せを言っているのです。きっとわたしが死ねばいいと思っているのでしょう」

ベアトリーチェの強情さに根をあげた裁判官は、ついにこれまで若すぎるので手をつけないでいた、弟のベルナルドまで拷問させることにした。その場に引き出されたベルナルドは、縄で吊られると、悲痛な声をあげた。

「はなして、はなして、お願い。死んでしまいます！」

ベアトリーチェは、必死に顔をそむけた。耳には弟のいたましい悲鳴が、針のように突き刺さったのだろう。それでもなお、彼女は真っ青な顔で、「嘘(うそ)です。誰も父を殺してなどいません」と言い張るのだった。

夕方、ついにベアトリーチェ自身が拷問にかけられることになった。彼女は後ろ手に縛られ、兄や弟と同じように高々と吊るしあげられた。腕の骨が関節のところで飛びだし、胸を苦しそうにあえがせながら、ベアトリーチェは叫んだ。

「ああ、マリアさま、お助け下さい！　降ろして！　何もかもお話しします！」

縄からおろされ、ぐったりしながらも、ベアトリーチェは毅然とした態度を失わなかった。彼女の証言はもっぱら一切の責任を、執事オリンピオに負わせようとするもので、オリンピオが自分と義母に、父を殺すようすすめたこと、自分も義母も、毎日のように父から鞭で打たれたり、ひどい目にあわされていたので、ついつい誘いにのってしまったことを白状した。

かくてジャコモ、ルクレツィア、ベアトリーチェ、オリンピオには死刑の判決が下ったが、事件に同情した人々から、陳情がつぎつぎとローマ法王のもとに殺到した。それにも関わらず法王が恩赦を与えなかったのは、チェンチ一族を根絶して、その莫大な資産を没収しようという魂胆があったからだとも言われている。

一五九九年九月一一日の処刑当日には、ローマのサン・タンジェロ橋前の広場に断頭台が立てられ、イタリア中から見物人が集まってきた。絶世の美女という噂のベアトリーチェを、一目見ようとしたのだろう。

ベアトリーチェは静かに祈りを捧げると、足早に断頭台にあがって、斧の下にか細い首を差し出した。このときわずか二二歳。幸薄い乙女の生涯であった。

今も残るグイド・レーニ作のベアトリーチェの肖像を見ても、虫も殺さぬような愛らしさで、とても親殺しという恐ろしい罪を犯したとは思えない。あの『赤と黒』の作者スタンダールも、この肖像画にほれこんで、とうとう彼女を主人公にした、『チェンチ一族』

を書いたのだそうだ。

ゴーフリディの処刑

マルセイユの貴族の娘に生まれたマドレーヌ・ド・マンドルは、一六〇五年、一二歳のとき、ウルスラ会の尼僧院に入れられた。二年後に彼女は久しぶりに里帰りを許され、尼僧院での彼女の監督役であるゴーフリディ神父とともに帰ってきたのだ。

ゴーフリディは三四歳の男ざかり。ハンサムで人好きのする男で、たちまちマルセイユの女性たちの人気者になってしまった。マドレーヌも彼を憎からず思っており、監督役という役目上、彼とは自由に会うことができた。

ところがある日、彼がマドレーヌと一時間も部屋に閉じこもっていたという噂が立った。母親が心配して事情を聞くと、「彼は私の一番大切な〝薔薇〟を奪っていっただけ」という、意味深長な答えが帰ってきた。

翌一六〇八年、マドレーヌは尼僧院での懺悔のとき、自分がゴーフリディ神父に犯されたことを告白してしまったのだ。このころから彼女は、悪魔の幻覚にとりつかれるようになった。昼も夜もなく痙攣の発作が起きる。さしずめ悪魔がのりうつったのだろうと、老神父ロミヨンが彼女の悪魔祓いを命じられた。

しかし何の効果もなく、マドレーヌの発作は悪化するばかりか、仲間の尼僧たちにも、同じ症状がうつってしまったのだ。尼僧院側はゴーフリディ神父に、いったい彼女に何をしたのかと問い詰めたが、彼は何もやましいことはないと繰り返すだけだった。

だがマドレーヌのほうは、ゴーフリディにもてあそばれたのだと主張しつづけた。彼女によると、彼に処女を奪われたのは一三歳のときで、彼は、「これを飲んだら、妊娠の心配はない」と、特殊な粉薬をくれたという。

虎視眈々と獲物をねらう異端審問所が、この機会を見逃すはずがない。さっそくゴーフリディ神父は、審問所の地下牢に投げこまれてしまった。一六一一年二月二一日の審理に、証人として出廷したマドレーヌは、興奮に顔をひきつらせながら、彼に肉体を奪われたいきさつを事細かに証言したのだ。

ゴーフリディに印された〝悪魔〟のしるしが、脚と左乳房にあると言うので、ただちに医者が彼女の体を診察したところ、その部分に魔女探索の針をさしても、痛みも出血もなく、不思議にも針のあともまたたくまに消え去ったという。

かくて哀れなゴーフリディは一年近いあいだ、異端審問の過酷な糾問にさらされることになった。審問者が彼を素裸にして徹底的に体中を検査した結果、〝悪魔の印〟なる三つのあざが発見されたという。さっそく魔女探索の針で差してみたが、痛みも出血もなかったと記録されている。

一六一一年三月末、ついにゴーフリディも凄惨な拷問に屈して、「私は自分の血で、悪魔の契約書にサインしました。そのかわり悪魔から、彼女を思いのままにすることを許されたのです」という自白をしたのである。

かくてゴーフリディは哀れにも、生きたまま火でじりじり炙られながら殺されるという判決が下った。処刑当日の四月三〇日、彼は聖職階位を剝奪され、聖服を脱がされ、あらためて身をエクスの高等法院に引き渡された。

共犯者を白状させるため、最後の拷問がおこなわれるのだ。まず、吊り責めと吊り落としからはじまった。ゴーフリディは後ろ手に縛られ、天井に固定された滑車のロープで、天井まで吊りあげられた。

その状態で共犯者の自白をせまられたが、白状しないため、突然ロープをゆるめられ、床に叩きつけられたのだ。このとき「おお神よ。私には共犯者などいません。どうかお助けを。このままでは死んでしまいます!」という、血を吐くような絶叫をあげている。

吊り落としは三回くりかえされたが、何の自白も得られなかった。そこで今度はゴーフリディの両足首に、それぞれ二〇キロもの重りが結びつけられた。彼の体はまた高々と吊りあげられると、突然床すれすれのところに叩き落とされた。足首に下げた重りのせいで、落下したさいに四肢の関節が脱臼してしまったが、それでも一連の拷問で、彼の手首足首は完全に脱臼してぶらぶらになってしまった。

彼は、ただ神の救いを求めてひたすら祈りつづけるだけだった。

ゴーフリディはもう自分の足で立つことも出来ないので、刑場には木のそりで運ばれることになった。人込みのなかをさんざん引きまわされて処刑場に着いたとき、それでも最後の瞬間に、かろうじて絞首に減刑されることになったという。

死刑になりそこなった女

エレーヌ・ジレは、フランスのブレスで国王の城代をつとめる、ピエール・ジレの娘だった。ところが彼女が二二歳になったある日、娘たちが彼女のことを、かげでコソコソ噂しはじめた。彼女のお腹が、目に見えてふくらんできたのである。

「さては、妊娠したんだわ」

「どこの誰かしら、相手の男は……」

通りを歩けば、袖をひき、目配せをかわし、ひそひそと噂話をかわす人々の群れに出くわす。エレーヌが通りかかると、ぴたっと話を止めて顔をそむけてしまうのだ。それまで仲良くしていた娘たちからも仲間はずれにされ、エレーヌは毎日泣きくらしていた。

何もかも、あの悪夢のような一晩のせいだった。兄の家庭教師だった男が、エレーヌの部屋に突然押し入ってきたのだ。あまりのことに仰天して、声をあげるひまもなかった。

悪夢のようなひとときが過ぎ、エレーヌは一晩ベッドのなかで泣き明かした。どうしても両親に、自分に起こったことを打ち明けられなかった。厳格な父親が恐ろしかったのだ。

しかし数週間がすぎ、しだいにお腹のふくらみがめだってきた。それでもしばらくは、ひだをたっぷりとった服を着て、ふくれたお腹を隠しつづけたが、まもなく仲間の娘たちに勘づかれてしまった。

ある日、エレーヌの姿が町からぷっつり消えた。数日後、ふたたび帰ってきたときは、顔が少し青ざめ、胴はもとどおり細くなっていた。しかし、これでめでたしめでたしというわけにはいかない。

エレーヌの腹の急激な変化について、ますます声高に噂話がささやかれた。そして噂話の段階で終わらず、とうとう裁判所に訴えられてしまったのだ。当時、妊娠中絶は重い罪である。

刑事代官に問いつめられ、エレーヌは涙ながらに、産婆のもとで堕胎をしてもらったことを白状した。彼女はただちに牢に入れられ、厳しい尋問を受けることになった。堕ろした赤ん坊はどこにやったかと問いつめられても、答えに困っておろおろするばかり。

一人の兵隊が、彼女の自宅付近を捜査中、妙なものを見つけた。庭の石垣のくぼみのところから、一羽の鳥がくちばしで、下着らしきものを引っ張りだしているのだ。近づいて調べると、下着には赤ん坊の死体がくるんであったのである。

調査の結果その下着は、エレーヌが逮捕された当時身につけていたのと、同じサイズで同じ布地だと分かった。さらにご丁寧にも、H・Gの頭文字がぬいとりしてある。エレーヌ・ジレのイニシャルである。

一六二五年、ブールで開かれた初審裁判で、エレーヌ・ジレは哀れにも、赤ん坊殺害の罪で死刑を宣告されたのである。五月一二日早朝、エレーヌはディジョンのモリモン刑場に引かれていった。証人は、こう書いている。

「その顔は刑への恐れで口もきけず、恐怖に目の輝きも失せ、この世との別れにうろたえて気もそぞろだった。それでも彼女は、けなげにも死に立ち向かっていった」

エレーヌが処刑台への階段を上がると、ほぼ同時に首切り役人のグランジャンが台にあがった。このとき高熱を出していたグランジャンは、職務を果たすため、無理をしてベッドを抜けだしてきたのだ。

エレーヌの顔にふるえる手で目かくし布をあてながら、グランジャンはかすれた声で、「今日は弱っているから、まんいち一撃で切り落とせなくてもご了承頂きたい」と、群衆に言い訳をした。処刑されるエレーヌの方は、悪い夢を見ているような気持ちだったろう。

グランジャンはよろめきながら、いよいよエレーヌの後ろにまわり、首切り用の刀を宙にふりあげた。観衆はごうごうと沸き、僧侶たちは声を高めて、「イエスさま！　マリアさま！」と唱えつづけた。

エレーヌはガタガタ震えながらも、自ら首切り台に頭をのせた。つぎの瞬間、グランジャンは刀を力まかせに降り下ろしたが、なんと刀は左肩をかすめただけだった。彼は群衆に向かってくどくどと失敗をわびたが、群衆は彼を大声でののしり、四方八方から石を投げつける大騒動になった。

みかねたグランジャンの妻が処刑台に駆けあがって、ふたたびエレーヌを首切り台に引きすえた。気をとりなおしたグランジャンは、またも刀をふりあげ力の限りふり下ろしたが、今度も首をかすめただけだった。

群衆の怒りの嵐が沸きおこった。石つぶてが雨あられとふりそそぎ、グランジャンはほうほうの体で処刑台からとびおりた。しかしグランジャンの妻だけが踏みとどまり、今度は手にした縄をエレーヌの首にまきつけようとしたが、エレーヌは必死で抗い、とうとう縄をふりほどいてしまった。

すると今度はグランジャンの妻は、エレーヌの体中に足蹴をくれ、その首に縄をまきつけて処刑台の階段をひきずりおろそうとした。処刑者の髪を切るための、一尺もありそうな大鋏が石段の下に見つかった。グランジャンの妻はそれでエレーヌの喉をかき切ろうとしたが果たせず、苛立って体のあちこちに鋏をつきたてた。

怒りを爆発させた群衆は、いっせいに襲いかかって、哀れなエレーヌをグランジャンの妻の手から奪りかえした。エレーヌはそのまま運び去られ、傷口に薬をぬり包帯をまいて優しく介抱された。

外科医の調べでは、エレーヌは刀で二か所切りつけられ、鋏で六回突かれていた。一つは喉をつらぬいて頸動脈に達し、一つは唇から舌を通って上あごに達し、もう一突きは乳房の脇を抜けて背骨にとどき、あとの二つは頭を深く傷つけていた。

さらにグランジャンの妻がふるった大鍬のきっさきで腎臓が傷つけられ、さらに受けた足蹴の青あざが、体中に残っていた。

見るも無残な眺めである。怒り狂った群衆は、処刑台のかげで小さくなっていたグランジャン夫妻にむけて突進した。あっというまに二人はめった突きに刺され、石つぶての雨を浴びて、あわれな死体になりはてた。

一六二五年五月一三日、この前代未聞の事件について、村役人たちはディジョンの法院の裁判長が語る物語に、神妙に耳をかたむけた。

「死刑執行人の死で、罪人が死をまぬがれたという、前代未聞の珍事件である」

エレーヌの傷も少しずつ癒えていき、問わず語りにぽつりぽつりと真相を語りだした。誰にも手伝われず、隠れて赤ん坊を生んだが、赤ん坊が生まれる瞬間、首が締まってしまったのだという。

事の真偽はともかく、エレーヌは不安のなかで、奉行所の沙汰を待っていた。

「これでめでたしとは行かないでしょうね。私はやはり死ぬことになるんでしょうか」

しかし結局、エレーヌは命を救われた。当時の国王ルイ一三世は、事件に心を動かされ、特別にエレーヌに恩赦をたまわったのだ。その後エレーヌは修道院にひきこもり、かなり長生きした。記録によれば、修道院での彼女の死は、ごくおだやかな大往生だったそうだ。

グランディエ神父の処刑

ポーランド映画『尼僧ヨアンナ』を見た方は、修道女たちの異様な悪魔つきの光景を覚えていられるだろう。じつはこれは現実にあった事件で、ヨアンナは一七世紀フランスの修道院長、ジャンヌ・デ・サンジュのことなのだ。

舞台はフランス西部の田舎町ルーダン。一六一七年にここのサン・ピエール教会に赴任してくるや、青年司祭ユルバン・グランディエは、たちまち町中に騒動を巻き起こした。彼はなかなかの美男だったが、自分がもてるのをいいことに、女とみれば手あたりしだいにモノにする女たらし。そんな彼に町の女という女が夢中になり、つぎつぎ誘惑に落ちてしまったのだ。

初審裁判所検事ローバルドモンの娘など、とうとう彼の子を孕んでしまったほどだ。カトリックでは聖職者の妻帯は禁じられている。まして現職の司祭が女を孕ませてしまったなどということになると、大スキャンダルになるのは当然だ。

そしてつぎに登場するのが、事件のもう一人の主人公ジャンヌ・デ・サンジュである。彼女はこの町のウルスラ会修道院の院長で、つぶらな瞳と金髪のかなりの美人だった。当時の修道女は現実から隔離され、厳しい戒律のなかで生活していた。性を抑圧された生活のなかで、彼女らがいつか精神のバランスを崩したとしても不思議ではないだろう。

女ざかりを持てあましたルーダンの修道女たちは、あるときから奇妙な幽霊に悩まされるようになった。人魂が部屋を飛んだり、姿は見えないのに声がしたり、男の姿がボーッと暗闇（くらやみ）にあらわれたりするのだ。

そのうちに修道女の一人が、幽霊の顔が、最近赴任してきていらい、この町の女をつぎつぎ誘惑している、サン・ピエール教会のグランディエ司祭にそっくりだと言いだした。困ったことに、まっ先にそれに染まったのが、修道院長ジャンヌだった。二二歳の彼女は少々、色情狂の気があり、会ったこともないグランディエに、熱烈な片思いをしてしまったのである。

ある日ジャンヌは、突然ヒステリーの発作を起こして、妙なふるまいを始めた。彼女が「グランディエ！」と叫んで狂ったように踊りはじめると、奇妙にも他の修道女たちにもつぎつぎ悪魔がのりうつり、「グランディエ！」と叫びながら気を失ってしまったのだ。人々は、グランディエ司祭が悪魔をあやつって、彼女らに悪魔をとりつかせたのだろうと噂（うわさ）しあった。

そこに修道院ぐるみの幽霊騒動を利用して、グランディエ司祭をおとしいれようとする男があらわれた。教会参事会員のミニョンである。かつてグランディエに娘を傷物にされた、初審裁判所検事ローバルドモンの甥であるミニョンは、叔父からグランディエに復讐してくれるよう頼まれたのである。

　ミニョン司祭は、修道女たちにとりついた悪魔を追い払うといって、市当局の人々を招いて、悪魔祓い儀式を披露した。悪魔祓い僧たちは、暴れるジャンヌにつかみかかり、はがいじめにして、なんとか彼女にとりついた悪魔に語らせようとした。そしてついに〝悪魔〟に、グランディエ司祭と契約をかわしたことを白状させたのだ。

　責めたてられて、修道女たちの性的妄想はエスカレートするばかりだった。彼女らは汚らわしい言葉を吐きながら、町中を走りまわって、グランディエの名をわめきちらしたり、町の広場に集まって、乳房を丸だしにして腰をふって踊りまくったりした。

　ときに修道女たちは、アゴの骨がへし折れんばかりに、すごい勢いで頭を胸や背にガクガク打ちつけたり、肩の付け根で両腕をひねり曲げたり、腹這いになったまま手のひらを足の裏にぴったりくっつけたりの、アクロバットまがいのこともした。

　何事が起こったのかと、家から飛びだしてきた人々は、この異様な光景を見て、「悪魔がのりうつったんだ。あの男のせいだ！」と叫んで、グランディエの家におしかけた。

　彼はその場で逮捕され、その後、彼の家で悪魔アスモデウスと取り引きした契約書が発見されたという。

「私は悪魔とつぎの契約をする。生きているかぎり悪魔に仕えて、キリストや神々を否定し、できるだけ多くの人を悪の道に引きずり込む。この契約を破ったときは、私の魂と肉体を悪魔に捧げることを誓う。ユルバン・グランディエ」

グランディエを陥れようとした一味の、捏造であることはほぼ間違いないが、この契約書は現在も、パリの国立図書館に保管されている。

悪魔との契約を白状させるため、悪魔と契約したものは、体のどこかに悪魔の印をつけられており、そこを針で刺しても痛みを感じないと信じられていた。それが「針刺し」鑑定法だ。

ところがミニョンがわの悪魔祓い僧らの策略で、修道女たちが「悪魔の印があるはずだ」といった場所には、痛くないように先を丸くした針をさし、他の場所は奥まで針を差しこんだものだから、修道女らのデタラメな証言は、面白いように当たってしまったのだ。

ついにグランディエは、一六三四年八月一八日、死刑を宣告された。しかし火刑に先立って、彼はまだ文字どおり、死より恐ろしい拷問を耐え忍ばねばならなかったのだ。

それこそ吊り責めや焼きゴテは言うまでもなく、肉体引きのばし器、水責め、スペイン式長靴という拷問で、ついにグランディエの手足は豆腐のように粉砕され、骨髄まで飛びちる悲惨な結果になった。

しかしグランディエが、普通なら到底耐えられそうもない拷問を、呻き声一つあげずに耐えしのんだことは、かえって審問者たちに悪印象を与えてしまった。彼らに言わせれば、これほどの苦痛に耐えられること自体、とうてい人間わざではない。悪魔の助けがあったからこそ、それに耐えられたのだというのである。

かくて一六三四年八月一八日、グランディエはルーダン市外の火刑場に、粗末な木ソリに乗せて運ばれてきた。両脚は体を支えられないほど拷問で痛めつけられていたからだ。彼はボロくずのように火刑台まで引きずられていき、火刑柱にクサリで縛りつけられた。

火刑台に縛りつけられながら、グランディエは大声で、

「私は悪魔と契約なんかしてない。死んでからも永遠にお前らを呪いつづけてやるぞ！」

と叫んだが、顔に聖水をかけられて、言葉をさえぎられてしまった。

呪いが実現されたのか、処刑からまもなく、死刑執行者ラクタティウス神父、悪魔祓い僧トランキーユ神父、やはり悪魔祓い僧バレ神父などの身に、つぎつぎ異変が起こった。ラクタティウス神父はその月のうちに「許してくれ、グランディエ！　私が悪いんじゃない！」と叫びながら死に、トランキーユ神父も五年後に変死し、悪魔祓いの針刺しをおこなったマヌーリ博士も、精神錯乱をおこして死に、バレ神父は別の悪魔つき事件にかかわって国外に追放されてしまったのだ。

ラ・ヴォワザンの処刑

ラ・ヴォワザンとは、太陽王ルイ一四世の時代の、有名な妖術師(ようじゅつし)である。裕福な宝石商の妻だったが、占星術やタロット占いに通じ、悩みを持つ貴婦人たちの身の上相談にのってやっていた。

しかし実は、豪華な客間の裏には、毒薬の実験室や媚薬(びやく)や堕胎剤を作る部屋が隠され、部屋の奥には大きなカマドがあって、いつも悪臭のする煙が出ていた。当局の追及にラ・ヴォワザンは、不義の子をやどした女性に堕胎をほどこし、その胎児をここで焼いたのだと言い訳したが、じつは黒ミサに使った赤ん坊を焼いていたらしかった。

ラ・ヴォワザンは貴婦人たちに堕胎剤や毒薬を売ったり、夫の浮気に復讐(ふくしゅう)したいとか夫を殺して愛人と結婚したいとかいう、物騒な相談をもちかける女たちのために、赤ん坊をさらってきては黒ミサの儀式をおこなっていたのである。

しかし彼女の犯罪も、やがて発覚する日がきた。警察が黒ミサに参加したり毒薬を売買した容疑者を逮捕するうちに、毒薬取り引きの大がかりな秘密組織があることが判明したのだ。

その裁判をおこなったのが、ルイ一四世の有名な「火刑法廷」だったのである。壁に黒い布がはりめぐらされ、昼間でも松明の火に照らされて明るいことから、こう呼ばれたのだ。そこで行なわれた拷問の残酷さは、想像を絶するすさまじいものだったという。四年間につぎつぎ四〇〇人以上の人々が警察に引いていかれ、そのなかの一〇〇人ほどが有罪に、三六人が死刑に処されたのだ。超大物であるラ・ヴォワザンも、ついに捕らえられて、拷問にかけられることになった。

しかしラ・ヴォワザンは依然、口を割ろうとはしない。初めは「スレット」という〝拷問椅子〟で責められたが、効果がないのでつぎつぎと残酷な拷問を課され、最後には「ブロドカン」という〝靴形責め〟の拷問を課されることになった。

それは被告に拷問用の深靴をはかせ、すねをじわじわと締めつけたり、あるいは足の肉と靴のあいだにクサビを打ち込み、足の骨までぐちゃぐちゃに粉砕してしまうという、恐ろしい拷問具である。

ラ・ヴォワザンは三日がかりでこの拷問を受けたが、それでも自分にかけられた容疑をがんとして否定しつづけていた。糾問をつづった速記録には、彼女の足が残酷に粉砕されていくさまが、非情な克明さで記されている。

二度目のつちがクサビに叩き下ろされたとき、彼女は「おお神さま、マリアさま、私には何も話すようなことはありません」と叫び、三度目のつちが降り下ろされたとき、「もう何もかもお話ししました！」と叫んでいる。

さらに四度目のつちが降り下ろされると、この世のものとは思えぬ恐ろしい悲鳴があがったというが、彼女の供述については一言も触れられていない。たぶんこれだけ残酷な拷問がおこなわれたというのに、やはり警察側が期待していた自白は得られなかったのだろう。

捜査を担当した辣腕（らつわん）レニエ総監も、ついにサジを投げるが、よほど悔しかったのか求刑のときに、このやっかいな被告に、「舌抜きと両手首の切り落とし」を追加刑にするよう口添えしている。しかし法廷は、彼女を生きたまま火刑にすることで満足したようだ。

一六八〇年二月二二日、ラ・ヴォワザンは拷問でさんざん痛めつけられた身を、火刑台に引かれていった。

火刑台に鉄のくさりで縛りつけられ、周囲にワラを積み重ねられていくあいだ、彼女は大声で呪（のろ）いの言葉をわめきながら、力まかせに足でワラを蹴散（けち）らそうとした。しかしついにワラに火がはなたれると、五、六回大きく身をよじったかと思うと、まもなくその姿は、勢いよく燃えあがる炎に包まれていったという……。

シャルロット・コルデーの処刑

一七六八年、ノルマンディー地方の寒村リニュリに生まれたシャルロット・コルデーは、幼いときからかしこくて、庭の木陰で物思いにふけったり、何時間も大好きな読書にふけっている、物静かな少女だった。

一三歳のとき母を失って修道院に入れられたが、フランス革命勃発後は修道院が閉鎖されたため、カーンの親戚の家に引きとられた。

当時、革命の指導者はマラーで、パリでは過激な革命による暴力行為や略奪行為が、たえまなく起こっていた。マラーは残忍な男で、牢獄の中庭に見物人席をつくり、男は右側、女は左側に分けて、貴族の絞首刑を一般人に見物させようと計画していたともいう。

そんな話を聞くにつけ、正義感に燃えるシャルロットは、許しておけないという気持ちになった。極悪非道な革命指導者マラーを殺さなければ、流血沙汰はますますひどくなるだろうと思うようになったのだ。

いったん決意したら、その後の行動はすばやかった。一七九三年七月九日、シャルロットは父に書き置きを残し、乗合馬車でパリに出発した。ホテルに宿をとり、その足で刃物店に行って、包丁を買いもとめた。

独裁者マラーを暗殺することは、晴れて政治の表舞台に立つことだったから、シャルロットは身づくろいに時間をかけた。かつら師を呼んで髪をととのえ、肌着と服をとりかえ、時間をかけて化粧した。

包丁を胸にしのばせて、七月一三日、いよいよシャルロットはコルドリエ街のマラーの邸にむかう。家人たちは彼の病気を口実に彼女を追い返そうとしたが、騒ぎを聞きつけたマラー自身のはからいで、幸い彼の部屋に通されることができた。

折しもマラーは入浴中だったが、シャルロットはすきを狙って、その裸の胸に、手にした包丁を力まかせに突き刺した。マラーはすさまじい叫びをあげてその場に倒れ、どくどくと流れる血で、浴槽はまたたくまに真紅に染まった。

シャルロットはその場で逮捕され、コンシェルジュリの牢獄に送られた。罪の重さからして、死刑の判決を受けることは確実だった。七月一七日、彼女が法廷に姿をあらわしたとき、傍聴席から驚きの声があがった。

血まみれの刃物を手にした暴漢のかわりに、白い帽子と服に身をつつんだ、天使のような一人の乙女が立っていたからだ。誰に暗殺を命じられたのかという問いに、彼女は、自分一人でやったことだときっぱり答え、「数十万人の人の命を救うため、あえて一人の人間を殺したのです」と宣言した。

シャルロットは、画家をよんで自分の肖像画を描かせてほしいと、裁判官に懇願した。それはいれられ、裁判官の尋問を受けながら、画家のモデルをつとめたのである。今もヴェルサイユ美術館に、ボンネットをかぶり、長い髪を肩に垂らしたシャルロットの肖像画が残っている。清楚(せいそ)な、なかなかの美人である。

どうして彼女は、自分の肖像画を描かせようなどという気になったのだろうか。自分がのちのちまで、その名を語り伝えられるということを、すでにこのとき予想していたのだろうか？

結局シャルロットは、満場一致で死刑を宣告された。豊かな髪を切り落とされ、後ろ手に縛られたシャルロットが刑場に引かれていくあいだ、彼女を一目見ようと集まった群衆で通りは埋まり、馬車は立ち往生するしまつだった。

刑場に着くまでのあいだ、その美しい顔は、一度も迫りくる死への恐怖にゆがむことはなかった。超然とした態度、やさしいまなざし、頰(ほお)にかすかな微笑さえ浮かべて、彼女は人々ののしりを耐えつづけた。

処刑場につくと、シャルロットは馬車から飛びおり、急ぎ足で階段をあがった。死刑執行人からショールをはぎとられると、あらわになった胸を隠そうとして、急いで自ら処刑台に身をふせた。

ギロチンの刃がすさまじい音を立てて落ちたとき、革命広場は一瞬、荘厳な静けさにつつまれた。

享年二五歳。この世の悪や汚れに染まることもなく、自分があこがれていた古代ギリシアやローマの英雄たちと同じ、殉教のなかに身を投じたシャルロットの姿は、この世のものとは思えぬ美しさだったという。

マリー・アントワネットの処刑

一七九三年一〇月一六日、パリの革命広場には、無数の群衆が世紀の一瞬を見ようと押しよせていた。中央の壇上にはギロチンの柱がそそり立ち、三角刃が陽光を浴びてきらめいている。

そのとき群衆のあいだに、ざわめきの声があがった。騎兵隊に先導され、二頭の馬が引く粗末な荷馬車があらわれたのだ。荷馬車には、一人の後ろ手に縛られた中年女が乗っていた。粗末なナイトキャップからは、真っ白な髪がのぞいている。

「売女（ばいた）のお通りだ！　道をあけろ！」

「その高慢な顔もそれまで。もうじきお前もあの世行きだ！」

群衆は憎々しげにののしるが、中年女は何も聞こえないように微動だにしない。この中年女こそ、フランス王妃マリー・アントワネットの、変わり果てた姿である。かつてあんなにも美しかった顔は、一年二か月の幽閉生活で、見るかげもなくやつれていた。

断頭台の前で荷馬車からおろされたアントワネットは、不気味にきらめく三角刃を見あげると、まるで死に急ぐように壇上への階段をのぼっていった。あまり急いだためか、途中でうっかり死刑執行人の足を踏んでしまった。

「あら失礼。わざとではありませんのよ」

これがアントワネットの、最後の言葉となる。

壇上で、アントワネットは深いためいきをついた。二三年前、わずか一四歳でオーストリアから嫁いだとき、この広場では十数万の群衆が熱狂的に歓迎してくれた。その群衆が、いまは彼女の死を待ち望んでいるのだ。

しかし彼女に、過ぎた日々を思い出している時間はない。執行人はアントワネットの帽子をはぎとり、その髪を後ろで束ねて、ギロチンの刃の下に首を固定した。

つぎの瞬間、三角刃が勢いよく落ちてきて、首が前の籠のなかにころがり落ちる。助手が血のしたたる首を持ちあげて、集まった群衆に披露した。

こうして、史上最大のショーは終わった。かたずを呑んで見ていた群衆は、ホッとして「共和国万歳！」と叫ぶが、興奮も長くはつづかない。静けさがもどり、人々は広場から潮が引くように去っていく。すべてが終わったいま、死にのぞむときの王妃の気高い様子が、彼らの胸に忘れがたい感動を残したのである。

しかし本当のところ、マリー・アントワネットは最初から、こんなふうに威厳に満ちた王妃だったわけではない。フランス革命の嵐が起こる前は、贅沢好きで遊び好きで、湯水のように金を使う、軽薄な王妃に過ぎなかったのだ。

市民革命の嵐が襲ったヴェルサイユ宮殿

その浪費癖で反感をかったマリー・アントワネット

国民に対する反逆罪で
処刑されたルイ十六世

ヴェルサイユ宮殿から馬車を駆って、毎夜のように取り巻き連中とパリの賭博場に出かけ、何億という金をすっては、明け方にようやくご帰還になる。そんなことが日常茶飯事だった。

けれど彼女がこんな無軌道な生活を送っていたのには、理由があった。じつは夫のルイ一六世は、性的不能者だったのだ。毎夜のようにベッドで必死に試みては、肝心のところになると激痛に襲われてだめになってしまう。

こんなことが、七年後に夫が手術を受けるまで、なんと毎夜のようにくりかえされたのである。これではアントワネットが、欲求不満になるのも無理はない。

やがて時代が革命にむかって高まってくると、遊び好きな王妃は民衆の反感を一身に集め、「赤字王妃」とか「オーストリア女」などと罵られる。

パリで暴動が起こり、貧しい女たちが「パンをよこせ!」とわめきながらデモ行進をはじめたとき、アントワネットは不思議そうに侍女に聞いたという。

「あの人たちは、何を騒いでいるのですか」

「パンがなくて、飢え死にしそうだというのでございます」

「パンがないですって? それならお菓子を食べればいいではありませんか」

つまりアントワネットは、それほど民衆の生活について無知だったのである。

一七八九年六月のバスティーユ占領で、ついに革命の火ぶたは切られた。一〇月五日、どしゃぶりの雨のなかを、六〇〇〇人の庶民の女が、手に手に熊手や鉄ぐしを持ち、パリからヴェルサイユ宮殿をめざして行進する。同時に三万の国民衛兵隊も、ヴェルサイユにむけて進軍をはじめる。

捕らわれの身となった国王と王妃の一行は、もう二度と見ることのないヴェルサイユを去って、パリにむかった。そして九三年一月、夫ルイ一六世は、国民公会で裁判にかけられて、わずか一票の差で死刑を宣告される。

ルイ一六世の処刑後は、幼い王太子も無理やりその手から奪りあげられ、アントワネットはそこを生きて出た者はいないといわれる、コンシェルジュリの牢獄に移されたのである。

一〇月一三日、こんどはアントワネット自身が、国民公会の裁判にかけられる番だった。三七歳。みごとだった金髪は一夜にして白髪と変わり、やつれはてたアントワネットは、それでもおおしく最後の力をふりしぼって、裁きの場にのぞんでいく。

二〇時間にもおよぶ尋問ののち、死刑の宣告を受けたアントワネットは、義妹にあてて長い感動的な遺書を書いた。

「すべての敵に、わたしに加えた危害を許します。神よ、あなたがたから永久に別れなければならないことで、胸が引き裂かれそうです……」

一〇月一六日午前三時、かくてアントワネットは、新しい肌着に白い囚人服、白いナイトキャップと、全身を白衣に着替えて、出迎えの荷馬車に乗り、三万の兵が整列するなかを革命広場にむかったのである。

かつての遊び好きな王妃が、牢におしこめられ、裁判所にひきずり出され、ギロチンの露と消えるまでの短い期間に、威厳にみちた気高い王妃に一変してしまったのである。

まさに彼女は、不幸によってきたえられ、その悲劇にふさわしい大きさにまで成長したのだ……。

デュ・バリー伯爵夫人の処刑

のちにフランス国王ルイ一五世の寵姫となる、デュ・バリー伯爵夫人ことジャンヌは、一七四三年、パリ郊外のヴォークルールに生まれた。母は尻軽な町の料理女で、父は誰か分からない私生児だった。

洋装店の売り子をしていたジャンヌは、二〇歳のとき、彼女の運命を変える男に出会った。札付きの極道者という評判の、デュ・バリー伯爵である。ジャンヌの美貌に目をつけた彼は、彼女に自分の邸に一緒に住まないかと誘った。

その後、伯爵は自邸で舞踏会を開いては物欲しげな男たちを招待し、ジャンヌを誰彼なしに賃貸しした。ジャンヌは昼間は、ヒモである伯爵の指図で娼婦として働き、夜は彼自身とベッドをともにするのだった。

ジャンヌがルイ一五世に出会ったのは、このときの客の一人、リシュリュー公が引き合わせたのである。ルイ一五世はたちまち彼女に夢中になり、のちにリシュリューにこう打ち明けている。

「ジャンヌは、私が六〇の老人であることを忘れさせてくれる、新しいセックス・テクニックを心得た、フランス随一の女性だ」

しかし実際は、娼家がよいの経験のない国王に、ジャンヌが特殊な性的サービスをほどこしたに過ぎないのだが。

ついにルイ一五世は、ジャンヌを正式の寵姫として、宮廷に迎え入れることに決めた。

一七六九年四月二二日、寵姫披露の儀式を一目みようとする群衆で、ヴェルサイユ宮殿はぎっしり埋まった。四四八〇個のダイヤを散らした宝冠をいただき、ずっしり重い純白の錦のドレスに身をつつんだジャンヌは、輝くばかりの美しさだった。

こうしてかつての娼婦は、フランス宮廷で他に並ぶもののない地位を築くにいたったのである。

しかし、まもなくジャンヌにも、新たなライバルが登場した。オーストリアから到着した王太子妃マリー・アントワネットである。輝くばかりの美貌の、名門ハプスブルク家出身の姫君と、娼婦出身のジャンヌでは、ちょっと勝負にならない。

性風俗の取り締まり厳しい、オーストリアに育ったアントワネットは、国王寵姫であるジャンヌに対して反感を持った。当時は公式の席では、貴婦人は自分より身分の高い貴婦人に、自分から声をかけることは出来ないというしきたりがあった。それをいいことに、アントワネットは徹底的にジャンヌを無視するのである。

それからは式典のたびに、ジャンヌはなんとか王太子妃から声をかけていただこうとするが、アントワネットはそれに気づかないふりをしてそっぽを向くということが繰り返され、ついにジャンヌの怒りはルイ一五世に向かって爆発した。

困惑したルイ一五世は、王太子妃つきの女官長やオーストリア大使をよびつけて、アントワネットを説得してくれるよう頼みこんだ。それでもらちがあかないと、アントワネットの母である、オーストリアのマリア・テレジア女帝に急使を送った。

驚いたマリア・テレジアは娘に長い手紙を書き、大恩ある陛下のためにも、寵姫にひとこと挨拶(あいさつ)の言葉をかけるようにと説得したのである。

こうしてついに、ジャンヌに軍配のあがる日がきた。一七七一年の元旦(がんたん)の式でアントワネットは、他の貴婦人と並んで立っているジャンヌに向かって、「今日のヴェルサイユは大変な人出ですこと」と声をかけたのだ。高慢ちきな王太子妃も、ついに寵姫に屈伏したと、人々は噂(うわさ)した。

だが、ジャンヌの並びない権勢も、ついにかたむく日がやってきた。三年後の一七七四年四月、ルイ一五世は高熱におそわれて床についた。夜、病人に水を飲ませようと明かりを近づけた医師が、国王の顔に天然痘(てんねんとう)の赤い発疹(はっしん)をみつけた。

当時、天然痘は命とりの病気とされていた。ルイ一五世は一大決心をしてジャンヌを枕(まくら)もとに呼び、自分の命の長くないことを告げ、このうえは一日もはやく自分のもとを退去してほしいと、涙ながらに命令した。

つぎの日、ジャンヌは馬車で泣く泣くヴェルサイユを去っていき、六日後にルイ一五世は息をひきとった。王太子がルイ一六世として即位し、マリー・アントワネットは、いまや王妃として栄光の頂点にのぼった。

領地ルーヴシエンヌで平穏な日々を楽しんでいたのだが、一七八九年にあのフランス革命が沸き起こると、ジャンヌも他の王室関係者とともに逮捕される。すでに国王ルイ一六世も、王妃マリー・アントワネットも、革命派の手で処刑されていた。

ジャンヌを担当したのは、アントワネットを血まつりにあげた悪名高い裁判官、フーキエ・タンヴィルだった。彼はジャンヌを、「恥ずべき快楽のため人民の富と血を犠牲にした高等娼婦」と決めつけ、死刑を宣告する。

一七九三年一二月八日、ジャンヌは後ろ手に縛られ、粗末な囚人服を着せられ、あんなにもルイ一五世が愛した金髪を、ばっさり切り落とされた。処刑台に馬車がついたとき、恐怖で気を失っていたので、死刑執行人は彼女を両腕にかかえて階段をのぼらねばならなかった。

断頭台にのせられ首のまわりに首かせをはめられたとき、ふと意識をとりもどしたジャンヌは、まわりを見渡して自分が今どこにいるのかを知って、恐怖におののいた。

「お願い。もうちょっとだけ生かして下さい。お願い！」

身悶(みもだ)えし泣きわめき、首かせから逃れようと必死にあがくジャンヌのうえに、しかしギロチンの刃は非情に落ちた。

享年五〇歳。ジャンヌの死は、フランス史上一つの時代の終末を示した。彼女以後、フランス史に、国王寵姫という正式の地位は存在しなくなるからである。

ラスネールの処刑

一九世紀フランスの詩人ラスネールは、フロックコートのふところに匕首をしのばせ、シルクハットをひょいと斜めにかぶった、ダンディな犯罪紳士である。

大金持ちの子に生まれながら、悪の道をひた走り、強盗殺人の罪を重ねたのち、三六歳の若さでギロチンの露と消えた。彼がつぎつぎ人を殺したのは、金や欲のためというより、もっぱら社会への恨みを晴らすためだったという。

根っからの詩人ではあったが、波瀾にみちた人生では、ゆっくり文学の勉強をするひまもなかった。だから文学史に残るような大詩人にはなれなかったが、そのかわり風変わりな悪党詩人として名をのこしたのだ。

ラスネール逮捕は新聞にデカデカと書きたてられ、世間に大騒ぎを巻き起こした。やがて発表された彼の回想録は飛ぶように売れ、彼のニヒルな美貌と薄幸な生いたちに、読者はすっかり夢中になってしまった。

彼が逮捕されたいきさつは、こうである。一八三四年一二月一四日、三四歳のラスネールは、サン・マルタン街のアパートに住むある前科者のもとに、手下のアヴリルとともに押し入った。

手下が前科者の首に手をまわしたすきに、ラスネールが後ろから錐(きり)で一突きし、手下が斧(おの)で息の根をとめる。さらに隣室で寝ていた病母まで、めった打ちにして殺してしまった。そして盗んだ金を手に、二人で今でいうソープランドにしけこみ、そこで返り血を洗いおとしてから、観劇とシャレこんだというのだ。この人を食った、落ちつきぶり……。

半月後、今度はラスネールは贋(にせ)手形を発行して、マレ銀行の集金人を、偽名で借りていたアパートに呼びつけ、殺して集金袋を奪おうとした。しかしこのときは、相手に大騒ぎされて、目的は達せなかった。集金人は重傷をおいながら、集金袋をしっかり抱いてはなさず、結局二人はあたふたと部屋を逃げだしたのだ。

事件から二か月後、ラスネールはついに、逃亡先のディジョンで逮捕された。手形偽造の別件逮捕だったが、たまたま監獄にいた手下の一人が、パリ警視庁のカンレール刑事に、ラスネールの前科と人相をもらしてしまったのだ。

捜査をすすめると、すでに牢(ろう)に入っている手形偽造の人相にそっくりだとわかり、たちまちラスネールは手形偽造ならぬ殺人犯として、そちらの管轄にうつされてしまった。

それからが大変な騒ぎだった。新聞は事件をセンセーショナルに書きたて、たちまちラスネールは有名になった。監獄の彼のもとに、パリの貴族や文人やマスコミ関係者などが、押すな押すなで詰めかけたのだ。

まるで人気スターなみの彼の部屋で、警官は汗びっしょりで、つめかける客を整理した。しまいに、彼に面会するには前もって予約せねばならないことになり、一度に大勢を通せるように、監獄の壁が三方くり抜かれたとか……。

彼を食い入るように見つめる面会人たちに囲まれて、ラスネールは自分の作品や犯した犯罪のことを、静かに語った。ときどき唇から辛辣な皮肉がこぼれ、客たちは今をときめく流行作家でも前にしているように、厳粛な顔で耳をかたむけるのだった。

いよいよラスネールの裁判が、一八三五年一一月一二日に始まった。ここでも彼が現れると、満員の傍聴人席がドッとわいて、裁判長は騒ぎをしずめるのにおおわらわだった。ラスネールは堂に入った落ちつきぶりで、手下たちの証言を片っぱしから引っくり返したり、ときどき人を食った茶々を入れたり、ときには皮肉に鼻先でせせら笑ったりした。

それ以上に驚かされたのは彼の陳述で、当然被告が少しでも罪が軽くなるように自己弁護するだろうと思っていた陪審員らの期待は、みごとに裏切られたのだ。

「手下どもは事件に、何の関係もありません。私一人ですべてを計画し実行したのです。私がこれまで殺した相手は、二人どころか、一〇人、いや一〇〇人にも達するでしょう」

人を食った挑戦に、陪審員席はシーンと静まりかえった。これではいくら弁護士ががんばってみても、彼の罪を軽くするなどとうてい不可能だ。

「裁判官どの。どうぞ、生きろという判決だけは下さないで欲しい」

ラスネールはこのセリフを最後に法廷を去ったが、判決はもちろん二人とも死刑だった。

死刑執行は、事件から一年あまりたった一八三六年一月九日だった。凍りつくような早朝、手下のアヴリルとともに、大八車で刑場に運ばれながら、ラスネールは生涯最後の冗談をとばした。

「墓穴の土は冷てえだろうな」

それに、手下のほうもこたえる。

「毛皮でも着せて、埋めてくれって頼んでみたら？」

暗い寒々とした死刑場で、まず相棒のアヴリルが首を切られ、つぎにラスネールの番になった。

彼は落ちつきはらって自分から首を差し出したが、奇妙にもギロチンの刃が途中でひっかかった。五度もやりなおして、六度目にやっと首が落とされたという。

享年三六歳の、豪快そのものの人生だった……。

マタ・ハリの処刑

一九一七年一〇月一五日の夜明け、パリ郊外ヴァンセンヌの土手では、フランス軍の騎兵・砲兵・歩兵隊が、方陣をつくって一本の木をとりかこんでいた。かたすみには棺桶(かんおけ)をのせた有蓋(ゆうがい)馬車がとまり、集まってきた野次馬たちが、不安そうにそれを遠巻きにしていた。

そのとき朝霧のなかから、一台の囚人護送車があらわれた。護送車から降りたったのは、紺のマントをはおり、ベールのついた帽子をかぶり、ブーツをはいた一人の女である。彼女は尼僧につきそわれて、兵士らの方陣にゆっくり近づいていった。

指揮官の号令で兵士らが捧(ささ)げつつをし、太鼓やラッパがひびくなかを、女は落ちついた足どりで、例の木に向かって進んでいく。方陣のなかの一人の男がまえに進みでて、重々しい声でこう読みあげた。

「第三軍法会議の裁きで、マルガレーテ・ゲルトルード・ツェレを、スパイ容疑で死刑に処す」

一二人の銃殺隊が、すばやく木の前に整列する。憲兵の一人が進みでて、女を杭(くい)にしばりつけ、衛生兵がかけよって女に目隠しをしようとした。しかしマルガレーテ・ツェレこと、通称〝マタ・ハリ〟は、しずかに彼らをおしとどめた。

「さわらないでちょうだい。目隠しも縄も、必要ないわ」

マタ・ハリはかすかな微笑をもらし、前に開ける暁の空に目をうつした。それまでの人生の縮図が、走馬灯のように頭のなかを駆け抜ける。別れた夫や子供、世界を魅了した舞台での華やかな日々、彼女を愛し裏切っていった男たち……。

ふと、マタ・ハリの目からはらはらと涙がこぼれ落ちたとき、合図のサーベルが振り下ろされ、一二発の銃がいっせいに彼女にむかって火を吹いたのである。

第一次世界大戦のさなか、エッフェル塔にあるフランス軍の無線傍受機は、ヨーロッパ各地で交信するドイツ側の暗号通信文をひそかに傍受しては、陸軍の暗号解読局に送りこんでいた。

一九一六年夏、マドリッド在のフォン・クローンというドイツ海軍武官が、アムステルダムのドイツ公使館にあてて打った電文が入ってきた。

「H21のため一五〇〇〇マルクをすぐ送れ」

その二週間後、またフォン・クローンからの電文で、今度はベルリン海軍省あてに、

「H21をフランスに潜入させる準備はOK。資金一二〇〇〇マルクを送れ」

このH21こそ、ドイツ海軍が有名な女スパイ、マタ・ハリにつけた暗号名だと言われ

るのだ。

マタ・ハリは一八七六年にオランダに生まれ、二七歳のときジャワ占領軍司令官だった夫と離婚して、パリでダンサーになった。彼女はインドネシア生まれを自称し、ジャワの原住民の踊りをエロチックにアレンジした踊りで、たちまち社交界で評判になった。ヨーロッパ中の有名政治家や実業家が、きそって彼女と関係を持ったという。

ほのかに蠟燭(ろうそく)がともされた舞台に、オーケストラのかなでる東洋風の音楽にのって、マタ・ハリは宝石をちりばめたブラジャーに、やはり宝石をちりばめた腰布というスタイルであらわれた。

そんなあられもない姿で、エロチックなダンスを披露する彼女に、観客はうっとりため息をつくのだった。身につけたベールを一枚、一枚脱いでいくという、ストリップまがいのダンスもあって、センセーションをまきおこした。

フランス当局がなぜH21をマタ・ハリと断定したかというと、フォン・クローンの電文が打たれた直後、マドリッドからパリへの入国者を調べていると、彼女が浮かんできたからである。

それまでも彼女はドイツのスパイとして疑われていたが、決め手がないため、そのまま泳がされていたのだ。新米スパイに過ぎない彼女が、わずか一年のあいだにたいした活動が出来たとは思えないが、たえまない情事の相手がほとんど軍人だったことが、彼女を決定的に不利な立場にした。

結局、法廷は、彼女が具体的にどんな情報をドイツに流したかを証明できなかった。それなのにマタ・ハリは、彼女が盗み出した軍事機密は、連合軍兵士五万人の死に相当とするとして、銃殺刑を宣告されたのである。

ところが、マタ・ハリは本当はスパイなどではなかったという説もある。彼女がただのダンサー兼高級娼婦（しょうふ）にすぎなかったのに、いろんな憶測や噂（うわさ）で〝世紀の女スパイ〟という伝説をでっちあげられたのだというのだ。

第一、彼女がいつ、どうしてスパイになったのかもはっきりしない。金が目的なら、すでに莫大（ばくだい）な収入があり、男たちからの高価なプレゼントに埋まっていた彼女である。あえて危険を冒す必要など、なかったはずではないか。

彼女が戦時中もヨーロッパ内を行き来し、フランスの要人ともドイツの要人とも親しかったことがあだになったのかも知れないが、彼女にしてみれば、金払いのいい男なら、どこの国の人間でもお得意さんだったのだろう。

実のところ、この事件には、あまりにも奇想天外なエピソードが多すぎる。

ホテルで逮捕しようとしたとき、彼女が肌もあらわにソファのうえでにっこりしたので、警部はボーッとなって任務をわすれそうになったとか。法廷での尋問者も彼女に艶然（えんぜん）と微笑（ほほえ）みかけられて、なにを質問していたか分からなくなってしまったとか。

あるいは彼女がわの証人(プロイセン皇太子やオランダ首相などもいる)は、みな彼女の元愛人だったとか。処刑のとき、銃殺隊のまえで彼女が上着をパッと脱ぎ捨てると、その下は一糸まとわぬ体で、銃殺隊の兵士らはボーッとして彼女を撃ちそこなったとか……。

これらの話はすべて、マタ・ハリを大物スパイに仕立てあげるための、デマだったとも考えられるのだ。

逮捕からわずか八か月後の処刑というのも、異例の早さである。当時、戦争は三年めに突入し、各所で疲弊による兵士の反乱が起きており、軍としてはこの状況から国民の目をそらすためのスケープゴートが必要だった、その恰好(かっこう)の生けにえにされたのが、哀れにもマタ・ハリだったのだという説もあるのだ。

結局のところ、マタ・ハリ大物スパイ伝説は、戦時下で異常心理になっていたフランス大衆が、よってたかって作り上げた単なる〝伝説〟ではなかったのだろうか?

アイヒマンの処刑

一九六二年六月一日、イスラエル、テルアビブ発、ロイター電は、「イスラエル政府が、元ナチ親衛隊中佐カール・アドルフ・アイヒマン（五六歳）を、五月三一日夜、テルアビブ郊外のラムレ刑務所で絞首刑に処した」と、発表した。

一四年前に建国されたイスラエルで、アイヒマンは最初の死刑囚だった。それまでこの国には死刑制度がなかったが、アイヒマンを死刑にするために、わざわざその制度を作ったのだそうだ。

アイヒマンの死刑に列席した、ロイター通信のワレンシュタイン記者はこう伝えている。

「足もとの床が口を開き、アイヒマンが死へと吸い込まれていったのは、五月三一日の深夜である。彼は最後の瞬間まで落ちつきはらって、しかも傲慢だった。首に縄がかけられる寸前まで、彼はこう言った。

『ドイツ万歳、アルゼンチン万歳、オーストリア万歳！　私は自分にゆかりのあったこの三国を決して忘れない。家族や友人たちに宜しく言ってくれ。私は戦争のおきてに従わねばならなかった。さあ、もう準備はできている』

アイヒマンはつぎに、目の前に立っている、我々記者のほうに執拗な視線をうつした。そしてゾッとするような微笑を浮かべて、こう言ったのだ。

『みなさん、またお会いしよう。これが運命というものだ。私はこれまでずっと神を信じてきた。そして神を信じながら、死んでいく』

いよいよ絞首台に向かう段になっても、アイヒマンは自分の犯した恐ろしい罪に対する悔悟の念は、一向に見せなかったという。

一九四一年五月、アイヒマンは、ヒトラーからユダヤ人皆殺しを命じられた、アウシュヴィッツ収容所長ルドルフ・ヘスに、毒ガスを用いることを提案した。さっそくアイヒマンの命令で、脱衣場とガス室とエレベーターのついた、第一、第二の死体焼却所が建造された。それらは一日に、二〇〇〇人のユダヤ人を殺してその死体を処理することが出来た。

まもなく第三、第四、第五の死体焼却所も完成したが、もっとも完備した第五焼却所では、多いときはなんと一日に九〇〇〇人のユダヤ人を虐殺して処理することが出来たという。

アイヒマンは、一人でも多くのユダヤ人を殺して成績をあげようと、全力をつくした。大戦でしだいにドイツ軍が不利になると、「死の工場」のスピード・アップを命じたため、それからというもの、これまで以上の地獄絵図がはじまった。毎日、何万人ものユダヤ人が、ひとまとめにしてアウシュヴィッツのガス室に投げこまれたのだ。総計六〇〇万人を殺害したと、アイヒマン自身が告白している。

アイヒマンがついに逮捕されたのは、一九六〇年三月二一日のこと。きっかけは、この日彼がブエノスアイレス郊外の花屋で買った、一つの花束だった。花束は、このリカルド・クレメントと名のる男が、実は元ナチ親衛隊の大物アイヒマンであることを示す、決定的証拠だったのだ。

ドイツ降伏後、アイヒマンはドイツ空軍二等兵に変装した。一九四五年五月にアメリカ軍に逮捕されたが、混乱のなかを脱走してローマにむかい、そこで他国籍者の身分証明書を手に入れると、ドイツに舞いもどって人目につかないように暮らしはじめた。

ちまたでは、生き残ったユダヤ人ゲリラ隊員たちが、収容所で惨殺された家族や隣人の仇(かたき)を討とうと、ナチスの親衛隊幹部を血まなこで探しはじめた。危なくなったと悟ったアイヒマンは、一九五〇年、妻子とともに南米のアルゼンチンに逃亡したのだ。

アルゼンチンでは、すでに亡命していた元親衛隊の仲間たちが迎えてくれた。アイヒマンはリカルド・クレメントという偽名を名のり、仲間たちが設立したドイツ・アルゼンチン商会に勤めることになった。

しかしユダヤ人ゲリラの捜索はますます厳しくなり、イスラエルの特務機関は、一九四〇年に写したアイヒマンの写真をついに手に入れた。鮮明ではないが、顔だちは十分に分かる。

こうしてアイヒマンを探して、ヨーロッパ・アメリカ全土に捜査網がはられたのである。一九五〇年、北アフリカ、ジブラルタル海峡に面するタンジールで、モサド情報員はついに、三〇人の元ナチ高官がスペイン経由でヨーロッパを脱出したこと、そのなかのリカルド・クレメントは、バチカン市当局発行の難民証明書で、南米に向かったことを突きとめた。

さらに一九五七年、ダッハウの強制収容所の生き残りで、アルゼンチンに移住していたユダヤ人が、ドイツの秘密情報員にこんな情報を伝えてきた。彼の娘のクラスメートが、ユダヤ人排斥を口走り、ユダヤ人を殺したヒトラーを絶賛しているというのだ。

少年の名は、ニコラウス・クレメント。娘から少年の父親の特徴を聞いたとき、そのユダヤ人はアイヒマンだと直感した。そしてそのことを、ドイツにいる告発者代表のバウアー博士に伝え、バウアー博士はさらにテルアビブに伝えた。

イスラエル一の名スパイ、イッセル・ハレルが、作戦を指揮することになった。アルゼンチン情報部の報告で、アルゼンチン政府がすでにクレメントの正体をつかんでいたことが分かった。

しかしアルゼンチンが真っ向から亡命者引き渡しをすれば、戦犯を知りながらかくまったことが、世界に知れてしまう。それでは立場がなくなってしまうため、アルゼンチン当局は、イスラエルがその男を逮捕するのを見てみないふりをすると約束した。

アルゼンチンで、モサド情報員はクレメント一家の監視を開始した。遠くから写した写真をテルアビブへ送ってユダヤ人生存者らに確認させたが、はっきりアイヒマンと言い切れる者はいなかった。みな収容所でも、彼を遠くから見かけただけだったのだ。

そんなとき、思わぬ吉報が舞いこんだ。三月二一日、クレメントは勤め先の工場から帰る途中、一軒の花屋で花を買っているところを目撃されたのだ。

見張りの一人が、その日の日付とクレメントの行動に、重大な関連を見つけた。じつは三月二一日は、ほかならぬアイヒマンの結婚記念日だったのである。

さっそくハレルは、敏腕の一一人でチームを結成した。なかの数人は別ルートからブエノスアイレスへ向かって、捕らえたアイヒマンを監禁しておくための隠れ家を用意した。

残りの者は、アルゼンチン独立一五〇周年祝賀会におもむくイスラエル高官らを乗せた、エルアル航空機の乗務員に変装し、一九六〇年五月一二日にアルゼンチンに到着した。

五月一一日の夕方、工場を出たアイヒマンは、いつものように自宅近くでバスを降りた。

そのとたん、三人の情報員に左右から腕をつかまれ、車に押しこまれたのだ。

アイヒマンは隠れ家に運ばれ、ただちに身体検査をされた。盲腸の手術あと、左の眉(まゆ)の上の傷、そして元SS隊員である印の左脇(わき)の下の血液型の入れズミなど、すべては調査書と一致した。

睡眠薬を嗅(か)がされたアイヒマンは、看護夫に扮(ふん)したチームの一人にブエノスアイレス空港に運ばれた。アイヒマンは、「この男は自動車事故で頭を怪我しているので、扱いに注意すること」と書かれた、偽造書類をたずさえていた。

こうしてアイヒマンはエルアル機で、無事イスラエルのテルアビブに運ばれた。そして一九六一年一二月一二日の裁判で、数百万人のユダヤ人を虐殺した容疑で有罪となり、翌年の五月三一日、ついに絞首刑に処されるのである。

Ⅲ

その歴史

魔女狩り

一六、七世紀のヨーロッパでは、魔女の疑いをかけられた人々がつぎつぎ捕らえられ、残酷な拷問にかけられて焼き殺されていった。約三〇〇年間にわたって、ヨーロッパに猛威をふるった魔女狩りの嵐（あらし）。このとき殺された人々の数は、数十万とも数百万ともいう。原因としては、第一に当時の社会不安をあげられよう。当時、人々はつねにないどん底に突き落とされていた。ヨーロッパ人口の三割近くを奪ったペストの流行、極端なインフレ、宗教改革運動など、激動のなかで民衆の不安はとどまるところを知らなかった。

そのやり場のない不安のはけ口として選ばれたのが、〝魔女〟だったのである。魔女はその魔力で天候を不順にし、畑の収穫を枯らし、胎児を流産させ、男を不能にすることも出来る。赤ん坊を殺し、その肉を食らい、悪魔に生けにえとして捧（ささ）げる……。というわけで、この世の一切の不幸が、魔女のせいに押しつけられたのだ。

ヨーロッパに巻き起こった宗教改革運動に対抗して、ローマ法王は修道会を結成し、異端弾圧に力を入れはじめた。こうして成立したのが、異端とみなされた者を法廷で裁く

「異端審問制度」である。

魔女裁判は文字どおりの暗黒裁判で、そこではどんな残忍な拷問も非道な手段もまかりとおっていた。異端者から財産を没収できるようになると、教会はいっそう異端弾圧に熱心になった。魔女狩りの時代には、ヨーロッパ中に完備された異端審問制度がフル回転したのである。

一五世紀に、魔女狩りは頂点に達した。それを決定的にしたのが、『魔女の鉄槌』の出版である。ドミニコ会修道士であるヤーコブ・シュプレンゲルとハインリヒ・インスティトリスの二人が、法王インノケンティウス八世の許可のもと、一四八五年に出版した魔女裁判マニュアルである。

出版されるやいなや、ドイツで一六版、フランスで一一版など、またたくまにベストセラーになった。この書は「人間が綴った本のなかで、これほどの苦痛を生み出したものはない」といわれるほどの害悪を、全ヨーロッパにもたらしたのである。

魔女の特徴から発見法、拷問法にいたるまで、詳細に示されたこの書は、「魔女は生かしておいてはならない」という聖書の一節をたてに、徹底的な魔女攻撃をおこなっている。

第一部では、魔女や妖術使いが実在していることを、神学的立場から説明している。魔女に対してされる告発には、たいてい彼女が悪魔と寝たという罪状がつけられており、魔女裁判では、性的要因が大きな重要性を持っているのだ。

魔女狩りの犠牲者たちは、次々に火刑に処せられていった

第二部では、魔女たちがどんな魔術を用いて、人々に危害を加えてくるかを紹介している。たとえば魔女は妖術を身につけるため、洗礼を受けていない赤ん坊を煮て食べる。さらに魔女は、人間の生殖能力をなくしたり、胎児を流産させたり、男性を不能にしたりすることも出来るというのだ。

第三部では、魔女裁判の方法について書かれている。たとえば、被告の着ているものを全部はぎとり、魔術の道具を隠していないかすみずみまで探るように。さらに被告が自白しそうにないなら、縄で縛って拷問にかけようというような、具体的なことが書かれていた。魔女告発の門戸は広く開かれており、その人が魔女だという噂がたつだけでも、噂の主を逮捕してもいいことになっていた。弁護人をつけることは一応許されてはいるが、弁護人があまり熱心だと、今度は彼自身が容疑者にされかねないことになる。

『魔女の鉄槌』の登場で、「魔女とは異端のなかでもっとも極悪な異端であるため、撲滅せねばならない」という論拠が確立されたのだ。捕らえられた魔女がみな似たような自白をしているのは、この書をもとに拷問が行なわれたためだろう。

このように魔女裁判の大半は、あやしげな知人の密告や世間の噂がもとになっている。告発といっても、すでに魔女として逮捕された女が、拷問の苦痛から逃れたいばかりに、誰かを共犯者だと申し立てることもある。でないときは、仲の悪い隣人の密告をもとに逮捕されることもある。たとえ、子供の証言でも事足りるのだ。

当時ヨーロッパで、身に覚えもない魔女の嫌疑をかけられたのは、じつは村でも指おりの美女とか、金持ち女である場合が多かったという。美女や金持ち女は、村のなかでは一人だけポッンと目立っている。ほかの女からは敬遠されて、友達がいないことも多い。ただし男たちからは大モテで、彼女を手に入れようとする男たちが、面白いように周囲に群がってくる。彼女は、男たちからさんざんチヤホヤされたあげく、よりどりみどりの候補者のなかから、好きなのを選ぶことが出来るのだ。

これを見ていて、ほかの女たちが面白いわけはない。なぜあの女だけがモテるのだろう。なぜあの女だけが、あんなに幸せな人生をおくるのだろう。あの女さえいなければ、あの男はわたしのものになったのに……。

そう、まるで「風と共に去りぬ」のスカーレットのようなものだ。周りの男たちが放ってはおかない美女だが、女たちからはいつも憎まれ嫉妬される。かくて、ただでも男不足の小さな村のなかで、しだいに皆がモテモテのその女を憎むようになる。あの女は男をまどわす悪い女だと噂がたち、もしかしたら、人間の皮をかぶって、男を誘惑する魔女かも知れない、などという中傷が広がっていく。

そして、たまたま村に疫病が流行ったり、霜で畑の作物がやられたり、誰かが事故にあったりすると、人々はこのときとばかり、あの女のせいだと、口々に騒ぎたてるのだ。

こうして捕らえられた「魔女」たちは、しょせんはただのウブな百姓女でしかない。いかめしい裁判官の前に引き出され、残虐な拷問にかけられれば、ひとたまりもなく、一〇人中一〇人までが魔女だと認めて、処刑されてしまった。

当時考えられた、魔女識別法には二つある。その一つは「針刺し法」だ。当時、悪魔は魔女に、家畜に化けた「使い魔」を子分として与え、魔女はこの使い魔に、自分の血を分け与えると考えられていた。

そこで悪魔学者たちは、魔女が使い魔に自分の血を吸わせた証拠に、からだのどこかにシミか傷あとのようなものが、残っているはずだと主張した。異端糾問官(きゅうもんかん)たちは、魔女のしるしを探すのだといって、女を真っ裸にして拷問台に縛りつけ、からだ中を点検させた。さらには、からだ中の毛も剃(そ)り落として、なんとかそのしるしを見つけ出そうとした。

つぎに糾問官は、悪魔のしるしのある場所は、魔法で感覚がマヒしているはずだと言いだし、その個所を針で刺して探ることにした。それこそからだ中、肉の奥まで針で刺しまくるから、生きた心地もしない。のちにはまぶたの裏や舌の裏、性器のなかまで、針刺しの拷問は及んでいった。

これでも判別がつかないと、もう一つの方法がある。魔女は水に浮かないと信じられていたため、女の手足を一緒に縛り、「魔女風呂(ぶろ)」と名付けられた浴槽のなかに投げこむのだ。もし浮き上がってこなければ、魔女と断定された。どんな泳ぎの名人でも、これではひとたまりもなかったろうに。

イギリスのエセックス州では、つい最近までこんな「魔女泳がし」の風習がつづいており、この法律が完全に廃止されたのは、なんと、わずか四三年前の、一九五一年のことだという！

魔女狩りの拷問

今も残る拷問道具を見ると、当時の恐るべき拷問の様子がまざまざと浮かびあがってくる。魔女裁判でよくおこなわれた拷問は、ざっとつぎのようなものだ。

(1) 指詰め

万力のような道具で、爪が割れ、骨が砕けるまで手をはさみこむ。または振子のついた二台の装置に、囚人の左右の親指をはめこませ、ゆっくり締めはじめて、血が吹き出すまで締めつづける方法も。

ペンチで爪をはぎとることも、よくあった。爪と指のあいだは神経が密集している箇所で、想像を絶する痛みだったという。

(2) 目つぶし

編み棒のような鉄の道具で、両眼をついて、目をつぶしてしまう。

(3) 吊り落とし

被告人は後ろ手に縛りあげられ、高いところにある処刑台にロープでつり下げられる。

そしてそこから急に縄をゆるめて、一気に勢いよく落とされるが、ロープは床ないし地面すれすれで止まるようになっている。
加重と落下の衝撃を最大に効果あるものにするために、決して床までは落とさない。これが、激しい衝撃を全身にもたらすのだ。たいてい一回目で四肢の関節がすべてはずれ、三回目ともなると、ほとんどの者が絶命したという。

（4）肝つぶし

短い梯子のようなものに囚人の手足を縛りつけ、その綱を大きいウインチにつなぐと、くるくる回りだす。囚人は右に左にと引きまわされて、肝をつぶしてしまうというわけである。

（5）スペイン風長靴

ドイツ皇帝カール五世の定めた刑事法典カロリナには、罪人があくまで口を割らないなら、腹から後光のようなものが出るのが見えるぐらいに引きまわすようにと書いてある。

捩子のついた長靴に罪人の脚を入れさせ、ふくらはぎと脛骨をいっしょに締めつける。きつく締めると、脚の骨が折れることもある。捩子の下にクサビを突っこむと、ただでも痛いのが、ますます耐えがたいほどになる。もし拷問に耐えられたとしても、たいていは脚が不自由になる。

（6）拷問椅子

座面に鉄の鋲が一面に植えこまれた椅子に、無理やり座らされるもの。なかには六時間にもわたってこの椅子に座らされた例がある。

(7)こすり責め

首に縄を巻きつけて、ごしごしこするもので、極端な例では首の骨が露出してしまったという記録が残っている。

(8)沐浴責め

氷がごろごろ浮かんだ水槽に、被告を真っ裸にして長い時間ひたしておくもの。

(9)羽根火責め

羽根に火をつけて、被告の腕や股の付け根にかざしいぶるもの。

(10)万力責め

被告の両膝を万力で締めつけるもの。肉はちぎれ骨は砕けて、その苦痛は気絶さえ許さないほどだったそうな。

(11)塩ニシン

猛烈に塩のきいたニシン料理を無理やり食べさせて、その後数日のあいだ水をいっさい与えないというもの。

(12)不眠責め

被告を何日ものあいだ、一睡もさせないで、牢のなかを一時も休むことなく、ぐるぐる歩きまわらせる。

(13) 松明(たいまつ)責め
腕をピンとのばして縛った罪人の脇(わき)のしたを、松明の炎でじりじり焼け焦がす。
(14) ブーツ責め
被告に革の長靴をはかせ、そのなかに煮えたぎった湯や油をそそぎこむ。ときには足を切り開いて、傷口に煮えたぎった油をそそぎこむことも。

このような種々雑多な拷問が目白押しに並んでおり、被告はひとたび逮捕されたら最後、どうあがいても、拷問のフルコースを逃れることはできなかったのだ。

ギロチン

残酷さのシンボルとして悪名高い「ギロチン」も、実は少しでも受刑者の苦しみを減らしてやりたいという、思いやりから発明されたものといったら、あなたは驚かれるだろうか？

当時パリ大学医学部教授だったギヨタン博士は、一七八九年一二月の三部会に、第三身分代表者として出席し、「処刑が誰にでも同じ方法で、むだな苦しみを与えることなく行なわれる」べきだと主張した。

これをきっかけに、大きな斧（おの）のような刃が落ちてきて、一瞬のうちに下の受刑者の首を切り落とすという装置が、死刑に使われるようになったのである。というのも、それまでの処刑では、国や政府が堂々と残酷な拷問をおこない、処刑法も火あぶりや四つ裂きなど、千差万別。首切りなど、むしろ穏やかなほうだったのだ。

さらに当時のパリで「ムッシュ・ド・パリ（死刑執行人）」の地位にあったシャルル・アンリ・サンソンは、一七九一年、司法大臣に処刑に剣をつかうことの不便さを主張し、死刑囚の体を固定して、迅速に処刑をおこなう機械が、ぜひとも必要だと訴えた。

ギロチンによる処刑は、犯罪者の首を確実に飛ばした

「一度死刑に使った剣は、もう二度とは使えません。大勢を一度に処刑するときには、そのつど刃こぼれした剣を研ぎなおさねばなりません。これでは手数がかかって、ちっとも仕事がはかどりませんや」

当時はまだロベスピエールによる恐怖政治も始まっていなかったのだが、サンソンには、もうじき自分の仕事が忙しくなるだろうという、何やら不気味な予感がきざしていたと見える。

そこで国民議会は、有名な外科医であるルイ博士に、首切り機械に関する企画の作成を要請した。すでに無数の外科器具の発明者として定評があった博士に、白羽の矢が立てられたのである。

一七九二年三月一七日に、博士が考案したのは、ハリファックスの「落とし斧」をもとにした首切り道具で、これはだいたい、のちのギロチンに近い構造になっている。

ただしルイ博士の設計図では、三日月形の刃が使われているが、これは後であまり好ましくないことが判明し、傾斜のついた刃に変更された。

企画は採用され、さらに検討されて、パリに住むドイツ人のピアノ製作者トビアス・シュミットに、最初のギロチンの制作が命じられた。当時まったくの無名だったシュミットは、自分もツキがまわってきたと大喜びしたそうだ。彼はどうも、アマチュア音楽仲間である、死刑執行人サンソンの推薦があったらしい。

シュミットははりきって作業を開始し、一七九二年四月にようやく完成した機械を、最初は生きた羊に、つぎに人間の死体を使って実験してみた。ところが羊のほうは成功したが、人間のほうはうまくいかなかった。その刃で頸椎は切断できたものの、腱と筋肉が切れないので、完全に頭がはなれないのである。

この失敗をもとに、今日見るような、かなりの重量がある、傾斜型の刃が発明された。これをふたたび人間の死体で実験してみると、今度は大成功だった。そこで四月二五日に、はじめてギロチンが処刑場に登場したのである。ただし当時のギロチンは、設計者の名前をとって「ルイゼット」と呼ばれていた。

かくて一七九三年にロベスピエールの恐怖政治がはじまると、ギロチンは無数の〝高貴な犠牲者〟を輩出することになる。

まず一七九三年一月二一日にはほかならぬフランス国王ルイ一六世、同年七月一七日には、革命家マラー殺しの美女シャルロット・コルデー、同年一〇月一六日には悲劇の王妃マリー・アントワネット、同年一一月五日には、平等公フィリップこと王族オルレアン公、同年一二月八日には国王寵姫デュ・バリー伯爵夫人。

九四年三月二四日には革命指導者エベール、同年四月五日は革命指導者ダントン、そして同年七月二八日には、当の恐怖政治の担い手ロベスピエールが、反対派に捕らえられてギロチンの露と消える……。

以上、めぼしい人物をあげただけでも、いかに盛況ぶりだったか、お分かりいただけることだろう。ロベスピエールが失脚すると、ギロチン台は革命広場（現コンコルド広場）から姿を消した。毎日のようにサント・ノーレ通りを死刑囚を山積みにして刑場にかよった、馬車の光景は見られなくなった。囚人の数もガタ減りになり、恐怖政治はついに終りを告げたのである……。

ちなみに、恐怖政治のあいだだけで、パリでは約三〇〇〇人、フランス全国では四万人の人々がギロチン台の露と消えたという……。

ギロチン待合室

フランス革命のときの王妃マリー・アントワネットは、一七九三年八月二日から一〇月一六日の処刑の日まで、セーヌ川のシテ島にある、コンシェルジュリという建物に閉じこめられていた。

中世に建築された優美で壮麗な建物だが、コンシェルジュリという名前は、コンシェルジュ（管理人）という語から来ている。ここは昔は王宮の一部で、宮廷奉行職が管理する建物だったのだ。

一四世紀末に、国王シャルル六世が狂気の発作を起こし、静養のため王宮からマレー地区のサン・ポル館にうつった。それ以来、ここコンシェルジュリは牢獄になったのである。

その後、コンシェルジュリにつけられたあだ名が、なんと「ギロチン待合室」。フランス大革命時に、ここは大幅に改築されて、革命裁判所に送られていく未決囚の収監所となったのである。恐怖政治のあいだに、約二六〇〇人の人間が、ここから断頭台に送られていったのだ。

マリー・アントワネットもダントンも才媛ロラン夫人も、そして独裁者ロベスピエールも、ここに収容されて、死の瞬間が来るのを待っていた。革命当時、コンシェルジュリの入口には、いつも大勢の女が群がっていた。送られてくる囚人を見物するためである。新しい囚人が着くたびに、女たちの間から黄色い歓声があがった。

極度に神経をはりつめた生活を送っていた彼女たちにとって、死刑囚見物は唯一の気晴らしだったのだ。歓声で迎えられたほうも、さぞかし立腹すると思いきや、意外にケロリとしたものだった。毎日毎日、身近な人間がつぎつぎ処刑されていくのを見ていると、人間も死というものに麻痺してしまうのだろう。

女囚たちは出来るだけお洒落をして、許可されていた中庭の散歩に出かけたし、男囚たちも、よるとさわると、ギロチンをネタに陽気にヤジを飛ばしあった。ときにはこんなふざけた歌が、何処からともなく聞こえてくることもあったそうだ。

「オレがギロチンで首を切られちまえば、オレもこの鼻に用がなくなるだろう」

ギロチンが最初に発明されたとき、ギヨタン博士はそれを、「首筋に軽いそよ風を感じたかと思うと、一瞬にして刑が終わる」機械だと褒めたたえたものだ。いずれにしても、それまで常用されていた火あぶりや四つ裂きの刑にくらべれば、きわめて穏やかなものだったことは間違いない。

ところで、ギロチンによる史上最初の処刑が、革命四年目の一七九二年の四月二五日におこなわれることになった。夜明け前から、野次馬が市役所前の広場に所せましと詰めかけた。その日の受刑者は、強盗殺人犯のペルチエだ。

集まった人々が期待に胸を躍らせて見まもるなか、執行人たちが慣れない機械の据え付けにひまどって、刑が開始されたのは、やっと夕闇(ゆうやみ)がせまったころだった。

ようやく燭台(しょくだい)がかかげられ、大きな出刃包丁の刃のようなものが引きあげられ、木の台のうえに強盗殺人犯が首をつきだして固定された。

ところが一瞬後には刃が落下して、犯人の首はふっとんだ。あまりのあっけなさに、満場の群衆はがっかり。翌朝、さっそく次のような小唄(こうた)がつくられ、たちまち町中に広まったという。

「大悪党にふさわしいのは、やっぱりなじみの首くくり……」

ギロチンの首には生命があるか？

　ところで、ギロチンで首を切られた瞬間、その人間は本当に絶命するのだろうか。それとも、切られた直後は、まだ生命があるのだろうか？　誰でも、一度ぐらい、こんな疑問を感じたことがあるだろう。

　一八七九年、二人の医者が、殺人犯の切り落とされた首に、まだ生命が残っているかどうかを調査した。しかしこのときは残念ながら、首は切られて五分もたってから彼のもとに届いたため、思わしい結果は得られなかった。

　翌年に、今度はリニエール博士が、ショッキングな実験をおこなった。切られて三時間もたった殺人犯の首に、生きた犬の血をポンプで送りこんだのだ。するとなんと、反応があった。顔に赤みがさし、眉(まゆ)と唇が一瞬、ピクリと動いたのである！

　しかしあとで冷静に考えて、これが一種の反射神経に過ぎないことに思いいたって、がっかりした。ふつう脳は、三時間も血液がまわらなければ、すでに死んで機能する力などないはずである。しかしそれはともかく、この実験以来、同博士は熱心な死刑廃止論者になったという。

さらに一九〇五年には、もっとショッキングな実験がおこなわれた。ボーリオという医学博士が、ある死刑囚の処刑直後に、切られた首を調べたのだ。

博士は報告書に書いている。

「死体の眉と唇は、五、六秒間、不規則な引きつりを見せた。それからやがて動かなくなり、顔はたるみ、瞼はかすかに開いて、白眼しか見えなくなった。

私が大声で名前を呼ぶと、瞼が少しずつ開き、ちょうど眠っている人間が目覚めたときのような、緩慢な動きを見せた。

やがてその目は私をじっと見つめた。瞳孔は狭くなったが、死人のような無表情な目つきではない。たしかに生きている人間の目だった……」

同医師の報告によると、またしだいに瞼はふさがったが、再び大声で名前を呼ぶと、またも瞼が開き、じっと医師を見つめてから目が閉じられた。しかし三度目には、呼んでももうピクとも動かなくなり、眼球はすでにガラス状になっていたという。首が切り落とされて、約三〇秒後のことである。

切り落とされた首に、しばらくは意識があるかどうかという点では、いまだに医学界の意見は一致していない。切り落とされて酸素がかよわなくなった首が、死後二分間ほどはかすかに動くことも、ままある。しかしその後は、死んでしまうことは確かなのだ。

だが、問題なのは、その二分間である。そのあいだ、切られた脳が、自分のこうむった惨状を記憶している可能性はあるのだ。

それにしても、人間が最後の瞬間まで、いま自分が死につつあるのだという認識をはっきり持ちながら死んでいかねばならないとは……？　残酷な話ではないか。

「どうせ死なねばならないなら、死刑囚を出来るだけ苦しませずに死なせてやりたい」というギヨタン博士のありがたい意図にも関わらず、落とし斧の斬首刑（ざんしゅけい）では、それはまだ果たされていないようだ。

最後のギロチン処刑

フランスでは、ギロチンによる処刑は長いあいだ一般に公開された。そのたびに刑場には、フランス各地からおおぜいの野次馬が集まってきた。彼らにとって処刑は、最高の気晴らしの一つだったのだ。

一八八九年のパリ万国博のとき、囚人一人がギロチンにかけられたときは、これが当時新築されたエッフェル塔よりも話題になったというから困りものだ。人間の血と残酷さへの熱狂は、どうも根強いものがあるようだ。

フランスにおける、最後の公開ギロチン処刑は、一九三九年のワイトマンなる殺人犯の処刑である。いつものように大変なお祭り騒ぎになったため、政府はもう二度と同じことを繰り返すまいと決意したという。

処刑の前夜、刑場となるヴェルサイユ監獄前の広場には、ものすごい大群衆が集まってきた。ギロチン刑を一目見ようと、樹木や街灯によじ登る者、建物の窓という窓に押しよせる者……。

そこここにピクニック気分で店開きして、酒をくみかわし、音楽にあわせて歌ったり踊ったり、大騒ぎして前夜祭をもよおすのだ。時おりお調子者がくだらぬ冗談を飛ばして、皆がドッと爆笑するのが、監房内の死刑囚の耳にもとどいたという。

この一件に政府も閉口し、さすがにそれ以後は、ギロチン処刑の公開は禁止された。その後処刑はそれぞれの監獄の中庭で行なわれ、処刑に参列できるのは、わずか九人の役人だけということになった。

かくて残酷さのシンボル、ギロチン台は、監獄の塀の向こうに姿を消し、二度と人々の血を沸かせ肉を躍らせることはなくなったのである……。

死刑執行吏

　およそ人間という人間の職業のなかで、もっとも理不尽なものが死刑執行吏ではないだろうか。もちろん表面的には、執行吏は当局が下した判決を代行して、公僕として義務を果しているだけだと言うことが出来よう。たぶん執行吏自身も、何かというと、自分にそう言い聞かせているのではないだろうか。

　しかし綺麗事はともかく、やはりこのゾッとする職業を、平気の平左で勤めおえた者はいなかったらしい。じつは、死刑執行吏のほとんどが自殺したり、夜な夜な亡霊に苦しめられてノイローゼになっていたという記録があるのだ。

　なかには世をはかなんで、世間をはなれて一人暮らしをしたり、名前を変えて遠い所に行って隠れ住んだ者も少なくない。いくら綺麗事でごまかそうとしても、人を殺すというごまかしようのない事実が、まとわりついているからだろう。

　自殺はしないまでも、酒びたりになり、ぐでんぐでんに酔っぱらってから職務を果たすようなこともあるのは、やはり酒でごまかすしか方法がないからだろう。

　戦前のポーランドの死刑執行吏、マキエフスキも同じだった。ある日彼はあまり事前に酒を飲みすぎたので、ふらふらして目がかすみ、手もとが乱れて仕事にならなかった。おかげで彼がしらふになるまで、処刑を八時間も遅らせねばならなかったという。その後、ますます荒れていった彼は、ある日とうとう首をつって死んでしまった。

人々が信心深かった中世では、多くの死刑執行吏がローマに巡礼して、法王の前で懺悔(ざんげ)している。義務を果しているだけだと自分に言い聞かせても、やはり自分が恐ろしい罪を犯していると感じないではいられなかったのだろう。

気の毒な死刑執行人たちの現状

古代ローマやギリシアでは、死刑執行吏は法律で保護されていなかった。ローマでは、執行吏は奴隷身分で、都市のなかには住むことができず、集会所や神殿に入ることもできなかった。

彼らは普通人とちがう服装をし、通りを歩くときは警鐘を鳴らして、今から通りますよと警告せねばならなかった。当局は市民たちに、〝けがらわしい〟執行吏に近よったり触れたりしないようにと警告した。執行吏が来るだけで市民の集会は汚れると言われたし、死刑執行吏を普通の墓地に埋葬することは出来なかった。

中世後期になっても、死刑執行吏は都市に住む権利を与えられず、よし住めたとしても、やっと城壁のすみに住むことをお目こぼしされるぐらいだった。執行吏だけでなく、その家族も普通とちがった服装をしなくてはならず、通りを歩くときは、うっかり他の市民に触れたりしないように気をつけて歩かねばならなかった。

執行吏は、自分の家畜を他人の家畜といっしょの所で放牧することは出来なかったし、教会では誰よりも後ろの列にすわらねばならなかった。聖餐式（せいさんしき）に参加することはできなかったし、店には他の客が来ていないときしか入ってはならなかった。

当然（？）、執行吏の息子は執行吏以外の職にはつけないし、娘も執行吏にしか嫁にいけない。執行吏の妻が出産するときも、産婆は手伝ってくれない。当時は産婆という職業自体、呪われた職業だといって周囲からうさん臭がられていたというのに！

執行吏が死んでも、誰も埋葬を手つだってはくれない。そこで哀れな未亡人は、やたらめったら町をかけずりまわり、そのあたりの浮浪者に金をばらまいて、棺を運んでくれるよう拝みたおし、ようやく世間から忌み嫌われた亡夫を、無事埋葬することが出来るのだ。

世間からへだてられ、孤立させられた結果、執行吏関係の者はみな同族になり、同族同士でしか結婚できないということになる。そこで職業も世襲制になり、代々長男が相続するということになる。

こうしていつのまにか、執行吏の家系というものが生まれる。その点だけは、貴族の家系と同じだ。こうなれば、ヨーロッパ中の執行吏同士が、親戚同士になるのも時間の問題である。

当時、もっとも有名な執行吏といえば、七世代に渡って「ムッシュ・ド・パリ（死刑執行吏）」の職に就いていたサンソン家であろう。

とくに大革命時代のシャルル・アンリ・サンソンは、一七九三―九四年にかけての恐怖時代に、数えきれないほどの有名人をつぎつぎギロチン台におくり、「大サンソン」と呼ばれた。

絞首刑グッズ

執行吏への偏見は、その家族だけでなく、彼の使っていたすべての所有物にもおよんだ。彼が店で払うお金でさえ、フッと息をふきかけるか、十字を切るかしてからしか、店の者は手を出そうとしない。

たとえば絞首台が古くなって修復することになったときも、やたら込み入った行事が必要になる。まず、その町の職人が総動員され、それに兵隊と楽隊が集められ、えらい役人を先頭に、鳴り物入りで刑場に行進していく。そして職人たちが、絞首台に触れたことでこうむった汚れを、きれいに祓(はら)われたと宣告されて、はじめて全員が仕事を始めることができるのだ。

このように絞首台にふれることが、悪魔にふれるのと同じように、不吉なこととされていたのに、一方では、絞首台の部分品が、一種のお守りとしてあがめられていた。まあ、いわば〝絞首刑グッズ〟である。

たとえば死刑囚の首を絞めた縄の切れはしとか、絞首台を作るときに出た鉋屑(かんなくず)とか、滑車の部品、首切り刀、はては刑場の下にころがっている、刑死者のものとおぼしき髪の毛や骨片なども、とっておきのお守りになった。

ある日ブレスラウで昔の刑場後を整地していたとき、人骨がたくさん見つかり、人夫たちがそれを売ってボロもうけしたという話がある。しかし現代ではもう、こんな珍品を手に入れる機会はほとんどないため、小牛の骨を刑死者の骨だといつわって売られることもあるのだそうだ。

Ⅳ

その種類

吊るし刑

古代ヨーロッパでは、さかさ吊りという刑が、とくにユダヤ人相手におこなわれた。さかさ吊りにした死刑囚の左右に、生きている二匹の犬を、これも後ろ足を縛って、さかさに吊るすのだ。

あまりの苦しさに、二匹の犬が死に物狂いで、そばの死刑囚に噛みついたり引っかいたりするものだから、ただでさえ苦しい死刑囚の受難は倍加された。にもかかわらず、なかにはこうして吊るされた死刑囚のほうが何日も死に切れないで、犬のほうが先に死んでしまったという記録もある。

ところで異端審問のとき用いられた拷問の一つに、吊るし刑がある。囚人を後ろ手に縛り、その縄を滑車にかけ、それを引っ張ってつるし上げる。これだけでも苦しいのに、それでもまだ白状しないと、今度はとつぜん縄をゆるめ、囚人の体を叩き落とす。その瞬間、体中の関節がひきつって、全身に電流が走ったような壮絶な痛みを感じるのだ。

このやり方のバリエーションに、〝エストラパド（吊刑）〟なる拷問がある。囚人を裸にして後ろ手に縛り、両足に計一〇〇キロ以上の重しを結びつけ、縄で吊るしあげる。そして何度もくりかえし、地面すれすれのところまで急激に叩き落とすのだ。むろん囚人の腕も脚も完全に脱臼し、全身がバラバラになってしまったような苦しみである。

もっと過激なバリエーションもある。ドイツのニュルンベルグでは、天井に固定した滑車に鉄のチェーンを通し、それで囚人を高く吊るしあげる。そして彼の両足にそれぞれ大きな重しをぶら下げるのだ。

チェーンを急にはなすと、囚人は叩き落とされたときのショックで、四肢が脱臼してしまう。同時にそのとき、滑車の歯車や鉄のチェーンが、囚人の背中に叩きつけられて肉に突き刺さる。これを何度もくりかえすと、囚人の体は見るも無残な血まみれの肉のかたまりに化してしまうのだ。

ローマでは、職人や労働者が、この吊るし刑を受けると、生きていく希望を失って自殺してしまうことが多かった。身体を悪くして、もう仕事に復帰することが出来なくなるからだ。

二匹の犬とのさかさ吊りは、とりわけ恥ずべきものとみなされた

生き埋め

生き埋めは古代から中世にかけて、女の罪人に科せられた刑の一つ。世界最古の生き埋めの例は、古代ローマ時代にヴェスタの神の巫女（みこ）に科せられた生き埋めである。

当時、ヴェスタの神に仕える巫女は、三〇年間は性行為をつつしむという、きびしい純潔の誓いを強制される。この誓いにそむいた者は、生き埋めにされることになっていた。

街の東北門の近くに、小さな丘がある。そこに地下室が掘られて、梯子（はしご）で降りていくようになっている。真っ暗な地下室のなかには、ベッド、明かり、そしてわずかなパン、水、牛乳、油などが置かれている。少しのあいだでも、これで命をつなぐようにということなのだろうか。

誓いにそむいた巫女は籠（かご）に閉じこめられ、籠の周囲に厚いおおいをかけ、皮帯をぐるぐる巻かれて、広場をかつがれていく。途中でこれに出会った者は黙って道をゆずり、深い悲しみにうたれながら、黙々とあとをつけていく。

その日は、町全体にとっての忌日だ。丘のうえでは、大勢の見物人が籠の到着を今か今かと待っている。ようやく籠が地下室の前につくと、祭司の祈りがはじまり、執行吏が籠のまわりの皮帯をほどきはじめる。

やがて顔をベールでおおった巫女が籠から出され、死の地下室に梯子を伝って降りていくのだ。そのあいだは、祭司たちは顔をそむけて見ないようにしている。女が地下室におりたのを確かめてから、さっさと梯子をとりあげてしまう。そしてそのあとは、フタをして土をかけてしまうのだ……。

かくてこの世と永遠のお別れをした女は、真っ暗な地下室のなかで、何日間も、あるいは何週間も、孤独と恐怖のなかで生きのびることになる。ある意味では、ひと思いにバッサリやられるより、ずっと残酷な拷問かも……。

数週間後、執行吏たちがまた丘のうえにやってくる。その後の首尾をみとどけるため。土をのけ地下室のふたを開けて、女の生死をたしかめるためである。

〝檻(おり)〟の刑

たいした罪でないとき、犯人を群衆の見せしめにして、笑い物にするやり方がある。なかでもルイ一一世の時代にフランスで大流行したのが、〝檻〟。

一三〇六年、ロバート・ド・ブルースの頭上にスコットランドの王冠を載せようとする陰謀に参加したバカンの伯爵夫人は、エドワード王に捕らえられ、バーウィック城の塔の木の檻のなかに閉じこめられてしまった。

それも王璽付(おうじ)の書簡で、わざわざ制作を命じられた、格子細工のがんじょうなもの。伯爵夫人は檻のなかで四六時中、厳重に監視され、身のまわりの世話をする下女たち以外、誰とも物を言うことも許されなかった。

もう一つの〝檻〟刑は、トルコ皇帝バジャゼットが、チムール大帝(一三三五―一四〇五)に捕らえられ、鉄の檻に入れられて見せ物にされた事件である。三年ものあいだ、この檻はチムール大帝が行列を組むたびに一行に加えられて引っ張りまわされた。さすがの大バジャゼットも、もはや助かる望みはないと絶望して、一四〇三年、とうとう檻の鉄棒に力まかせに頭をうちつけて自殺してしまった。

フランス国王ルイ一四世の時代、サンミゲルで捕らえられたライデン新聞の発行人が、やはり木の檻のなかに閉じこめられたことがある。檻は長さ約九フィート、幅六フィート、高さ八フィート。檻のなかで何もすることもなく、ノイローゼになってしまった哀れな囚人は、しまいに檻の棒に爪で絵をきざんだという。

檻刑に変化をつけるため、ときに囚人と一緒に、山猫を一、二匹入れることもあった。檻に火を近づけて、山猫を大暴れさせ、引っかかれた囚人が檻のなかを逃げまどうのを見て、ヤンヤの喝采をあげて楽しんだのだ。

もっと過激なのに、「リッサの鉄の柩」なるものがある。囚人をこの檻のなかに閉じこめると、鉄のフタが上から少しずつ降りてきて、彼を押しつぶしてしまうのだ。フタはゆっくりゆっくり降りてくるので、囚人は全身をじわじわ押しつぶされ、死ぬほどの苦しみを何日間も耐え忍ばねばならない。最後はおセンベイのようにぺしゃんこにつぶされてしまう。

ヘンリー八世の時代にロンドン塔の副官をつとめた、サー・ウィリアム・スケフィントンが発案し、塔にもちこんだ「掃除屋の娘」という拷問器具もある。体を丸めこむ、一種の縮圧機とでもいおうか。

蝶番のついた鉄の箱のなかに、土下座の格好に体を丸めさせた囚人を無理やりはめこむのだ。せまい檻のなかで、囚人は脚を腿に、腿を腹にぴったりとくっつけ、体を丸めたままでいなければならない。

つぎに枠組の両端をあわせて、ネジをぎりぎり締め上げていくと、囚人は全身を強く圧縮され、ものすごい痛みで絶叫をあげる。それこそメリメリ、バリバリいやな音がして、あらゆる箇所の骨がくだけ、手足の指の先や鼻孔や口から、血が吹き出すという。

そのうえこの縮圧機は、コンパクトな機械なので持ち運びも簡単。ひそかに囚人の部屋まで持っていくことが出来たというから、さぞかし陰湿な使い方をされたことだろう。

〝オーストリア式梯子(はしご)〟の拷問

拷問用具のなかでも活躍したのが、ラック（伸張機）とよばれる一種の磔(はりつけ)台である。ベッドほどの大きさの鋼鉄の枠で、頭と足のところに巻きあげ機がついている。枠のうえに人間を寝かせ、手首と足首を巻きあげ機にくくりつけ、それぞれ反対方向にひっぱる。つまり万歳の格好をさせ、それこそ骨の関節がはずれるまで、手足を力いっぱい引きのばしていくのだ。

この磔台がイギリスで使われるようになったのは、一四四七年のこと。紹介者はロンドン塔の城守、第四エクスター公のジョン・ホランドである。これをロンドン塔内にとりつけたとき、磔台は「エクスター公の娘」とあだ名され、この拷問を受けた人々は「エクスター公の娘と結婚した」と言われた。

ちなみに「エクスター公の娘」と最初の結婚をしたのはホーキンズ公。最後の結婚をしたのは一六四〇年に死んだアーチャーだったと言われる。

一六世紀半ば、結婚しては妻を処刑し、結婚してはまた処刑したことで知られるヘンリー八世の時代。彼の六人目で最後の妻でもあるキャサリン・パールに、新教徒の疑いがかけられた。

これを口実に、キャサリンを処刑しようと企(たくら)んだヘンリー八世は、まず、彼女の友人でやはり新教徒のアン・アスキューを逮捕した。そしてキャサリンが新教徒だと白状させるため、アンをこの伸張機にかけたのである。

ざっと一時間以上も責めあげたところ、手足の関節はもちろん、股(また)や肩の関節まではずれて、手も脚も「神が作りたもうたより、はるかに長く」伸びきってしまった。だがこれだけの目にあっても、アンは絶対にキャサリンを巻き添えにしようとはしなかった。

おかげでキャサリンの命は救われたが、アン自身は結局、新教徒として処刑されてしまった。何しろ手も足も使い物にならないので、そりで火刑台まで運ばれた。ふつうならゆっくり炎でいぶり殺されるところを、同情した誰かが、火薬をつめた袋を炎に投げこんでやったおかげで、苦しみはさほど長引かなかったという。

磔台にはいろんな種類があるが、なかでもドイツで用いられた〝オーストリア式梯子〟は、もっとも恐ろしいものの一つだろう。

まず、幅のひろい梯子を四五度の角度で壁にもたせかけ、地面にしっかり固定する。根もとには、自在に動かせる丸棒がとりつけられている。囚人は梯子の上にあおむけに寝て、後ろ手に桟の一つに縛りつけられ、足首を自由に上下する丸棒に縛りつけられる。

拷問者たちが丸棒を下に引っ張ると、囚人の体はどんどん上下に引きのばされ、しまいに肩が脱臼（だっきゅう）してしまう。

それでも白状しないと、今度は大きなローソクを数本たばねて火をつける。それを苦痛にうめきながらぶら下がっている囚人の、脇（わき）の下にあてる。皮膚がじりじりと焼けて異臭をはなち、それこそものすごい熱さだが、囚人は恐ろしい絶叫をあげるだけで、ビクとも動くことはできないのだ。

不眠責め、その他

〝不眠責め〟というのは、宗教裁判でよく用いられた拷問である。ようするに、白状するまで、囚人を眠らせないのだ。囚人を監房に閉じこめ、一睡もさせないように、たえず看守を交代で見張らせておく。

ちょっとでもウトウトしたりすると、荒々しくゆすったりこづいたりする。何日間もこれがつづくと、囚人はあまりの苦しさで、発狂することさえあったそうだ。

〝松の木折り〟というのは、スペインでおこなわれた拷問だが、木を折り曲げたわめておいて、両端に囚人の両足をそれぞれ結びつける。手をはなすと、折り曲げられた木が跳ね返ってもとにもどり、同時に囚人は股(また)から真っ二つに引き裂かれるというわけである。

椅子(いす)を用いた、〝ドイツ式椅子〟と、〝スペイン式椅子〟という拷問もある。

ドイツ式椅子は鉄製の椅子で、座席の表にとがった釘(くぎ)が一面に突き出ている。罪人が裸にされてこの椅子に縛りつけられる。とたんに全体重が釘のうえにかかり、これだけでも全身が火のついたような痛みである。

さらにそのうえ、ずっしりした鉄の輪が、重しがわりに囚人の首にかけられる。あまりの苦しさに、囚人はフライパンの上のエビのように必死で体をくねらせるが、もがけばもがくほど痛みは増すばかり。とがった釘がじわじわと肉に食いこんでいく、気の狂いそうな苦しみを、全身で耐えるほかはない。

スペイン式椅子は、スペインの宗教裁判でよく用いられた拷問である。鉄製の椅子に囚人をすわらせ、首と両腕を鉄帯で固定する。椅子の底部には鉄の足台がついており、囚人はここに足を置いて固定される。

こうして囚人をビクとも動けないようにしてから、真っ赤に熱した石炭を囚人の足に近づけていく。ただし苦痛をいちだんと高めるために、囚人の足には油かラードを塗りつけ、じわじわといぶり焼いていくのだ。

やはりスペインで、〝ロバ〟と呼ばれる拷問がある。頂きが逆V字型になっている器具に罪人をまたがらせて、その上からつぎつぎと重しを加える。逆V字型のとがった頂きがみるみる股に食いこんでいき、しまいには肉体をまっぷたつに引き裂いてしまう。

フランスでおこなわれた、こんな拷問もある。囚人を動けないように台に縛りつけておいて、その腹部に長いことポタポタと水をたらしつづけるのだ。ずっと水を垂らしつづけると、その部分の皮膚の色が変わり、しだいに血の循環が悪くなっていく。

ときには罪人の頭の毛を剃ってから、この拷問を頭部におこなうこともあったが、その結果、囚人はしばしば発狂してしまったという。

さらに石川五右衛門ならぬ、〝かまゆでの刑〟が、フランスにもあった。一五、六世紀ごろ、パリのサン・ロックの丘で、炊事用の大がまで湯をわかして、贋金(にせがね)作りの罪人を生きたままそのなかに放りこんだという記録がある。

木馬

一六世紀、オランダの異端者たちに対して行なわれた拷問で、「木馬」というのがある。木製のベッドのようなもので、なかが舟のようにくりぬかれている。その中央に棒が十文字にわたされている。下方のほうが心もち高くなっているため、舟底に罪人が横たえられると、両足が頭より持ちあがるようになっている。

こうして舟底に横たえられた罪人は、つぎに腕、腿、脚に細い縄を巻きつけられ、これをじわじわとネジで締めつけられる。それこそ気の狂いそうな痛み。縄はひしひしと手足の骨にまで食い込んでいき、しまいに外からは見えなくなってしまう。

これだけではない。さらに罪人は、口と鼻に薄い布をぴったりかぶせられる。やっと息ができる状態のところに、今度は高いところから、糸のようにつながった一条の水が、その布めがけて落ちてくる。

水力で、その薄い布が喉の奥にしずみこみ、完全に息がつけなくなってしまう。あとでこの布を喉から引きだすと、水と血でぐしょぐしょになっていて、まるで口のなかから臓物でも引き出したようだという。

異端審問には、俗にいう火責めも欠かせない。まず、罪人の足の裏にラードをたっぷり塗る。つぎに炭火のいっぱい入った大きな火鉢をもってきて、それを足の裏に近づける。あたかもステーキを焼くときのように、じりじりといぶり焼きされるというわけだ。いやはや、まったく……！

もう一つ、鍋責めというのもある。犠牲者を台のうえに仰向けに縛りつけ、むきだしになった腹のうえに、二十日ネズミを沢山はなし、裏返しにした大鍋でふさいでおく。つぎに大鍋のうえで火を燃やすと、ネズミどもは熱さで狂ったように暴れだし、しまいには罪人の腹を食いやぶって、内臓までもぐりこんでいくという具合である。

さらにドイツで用いられた拷問で、頭蓋骨粉砕器なるものもある。鉄製の円錐形のかぶとのようなものを、罪人の頭にかぶせる。かぶとは両端の下の方で、鉄製の板につながっており、この鉄板のうえに顎をのせるようになっている。

これを捩子で締めると、鉄のかぶとと鉄板が、上から下から頭をじわじわと締めつけていく。やがては顎から歯がぬけ落ち、頭が割れそうにガンガン痛みだす。おまけに執行吏は、これを締めあげながら、頭頂をばしんと叩いたというからたまらない。それこそ体中にものすごい戦慄が走り、しまいには頭蓋骨が本当に砕けてしまうという恐ろしいものだ。

ロンドン塔でもっぱら用いられた「無楽」という、頭蓋骨粉砕器ならぬ肉体圧搾器もあった。きゅうくつな暗い部屋で、そこに閉じこめられた囚人は、それこそ立つことも手足を伸ばすこともできず、ずーっと体を折り曲げていなければならない。そんな苦しい状態で、何日も過ごさねばならないのである。

車輪上の粉砕刑

異端者に科された拷問で、火あぶりのつぎに一般的だったのが、「車輪上の粉砕刑」である。一五三四年にフランス国王フランソワ一世の勅令ではじまった拷問で、刑具は、X形十字と大型の車輪という二つからなっていた。

まず囚人を十字架上に横たえ、手足をそれぞれ四本のはりに縛りつける。それぞれのはりは、手足の下にあたる部分がグッと窪(くぼ)んでいる。これは執行人が、手足を砕きやすくするためである。

つぎに執行人は頑丈な鉄棒で、その囚人の手足めがけて、力いっぱいに打ちおろす。こうして手足は、あっというまに次々と打ち砕かれていくのだ。八回の打撃をくりかえし、完全に手足を粉砕してしまうと、執行人は最後に囚人の胸をめがけて力まかせに一撃を加えて、刑を完了した。ちなみにフランス語のcoup de grâce(とどめの一撃)は、ここから来たのだとか。

とどめの一撃を加えたあと、執行人は囚人の形をとどめなくなった血まみれの体を十字架からはずして、車輪の上にのせる。今度はその車輪がゆっくり回転して、見物人たちに哀れな肉のかたまりとなった囚人の体を、右から左から見せつけるというわけである。

一八世紀フランスの新教徒ボエトンは、異端審問の裁判のあと、〝車輪上の刑死〟の宣告を受けた。処刑当日、広場では約六フィートの高さの高台の上に、例によってX形の十字架が置かれた。

処刑台の片すみには、表面が鋸(のこ)の歯のようにギザギザになった、大きな車輪が置かれている。粉砕刑でめちゃめちゃにされたあと、囚人はこの〝苦悶(くもん)のベッド〟に横たえられ、見物人に断末魔の痙攣(けいれん)をご披露して、とっぷり楽しませるというわけである。

刑場に車で運ばれてきたボエトンは、壇上にのぼるのに、人に支えてもらわねばならなかった。すでにブーツ刑の拷問で両脚を目茶目茶にされていたからだ。

壇上で、ボエトンは執行人の助手から衣服をはがれ、さらに脚に巻いていた包帯まではぎとられた。そして執行人助手は、彼を十字架上に横たえて、手足をはりに縛りつけてから、壇上を引き下がった。

つぎにいよいよ、長さ三フィート幅一インチ半ほどの鉄棒を手にした、執行人があらわれる。そのとき十字架上のボエトンは静かに賛美歌を歌いだしたが、とっさにアッと叫びをあげて歌をやめた。

執行人の鉄棒が、その左足を一撃したのである。しかしボエトンはやがて歌を再開し、それからは執行人が右の腿(もも)、左の腕と、つぎつぎと打ちくだいていっても歌を止めようとしなかった。

左右の手足を完全に砕いてしまうと、執行人はボエトンのまだ息のある血まみれの肉塊を十字架からはずして、車輪の上においた。ほとんど人間のかたちをとどめてないシロモノだったが、それでもなおボエトンはメゲずに賛美歌を歌いつづけたというから驚く。観衆のあいだに、感動のざわめきが起こった。国王側の司祭が執行人に、これでは新教徒たちを怖がらせるどころか、反対に勇気づけることになるじゃないかと文句を言った。そこで執行人は、さっさと囚人をかたづけようと、ボエトンに近づいた。いよいよ最期が迫ったことを知ったボエトンは、声をふりしぼって群衆に向かって叫んだ。

「諸君は証人となって、私がキリストを最後まで信じて死んでいったことを証明してくれたまえ！」

その言葉が終わらないうちに、鉄棒の一撃が、彼の胸に力まかせにふりおろされた。囚人の唇が数回、何か言いたげに動いたのち、がっくりと頭が落ちて、ついにこと切れたという。

四つ裂きの刑（1）

残酷な拷問のなかでも、もっとも恐ろしいものの一つが、四つ裂きの刑だろう。日本では、これによく似た車裂きの刑というのがある。罪人の両足を二台の車に縛りつけ、それぞれ反対方向に引いていくのだ。

四つ裂きの刑のほうは、罪人の手足をそれぞれ四頭の馬の脚に結びつけ、馬を鞭うって、体がそれこそバラバラになるまで四方に引かせるというものだ。処刑後、引きちぎられた四肢を、市の門にこれみよがしに陳列することもあった。

フランスで、有名な四つ裂きの刑の記録は二件ある。両方とも、国王の暗殺犯人が処せられたもので、一人目がフランソワ・ラヴァイヤクで、一七世紀に国王アンリ四世を短刀で暗殺した男である。

一六一〇年五月二七日午後、ラ・ボウヴェット室で裁判が開廷された。議長や数人の弁護士が臨席する法廷に、いよいよラヴァイヤクが引き出されてくる。彼はその場にひざまずかされて、国王暗殺のかどで死刑を言いわたされ、その前に共犯者の名を吐かせるため、拷問にかけられることになった。

ラヴァイヤクがかけられたのは、足かせ刑の拷問である。彼は椅子にすわらされ、膝からかとまで、二枚の板ではさまれ、その両端を鉄の枠できっちりと止められた。いよいよ最初のクサビが打ちこまれ、ラヴァイヤクの顔が苦痛にゆがみ、絶叫があがる。

「神さま、お慈悲を！　私の罪をお許し下さい！」

二つ目のクサビが打ちこまれると、さらにすさまじい絶叫があがる。

「おお神さま！　これまで申しあげたこと以外、何も知りません。誓って、誰かに自分の計画を、口外したことはありません！」

さらに三つ目のクサビが打ちこまれると、彼は全身から汗を吹き出し、その場に気絶してしまった。執行人が無理やりその口をこじあけ、ワインを流しこもうとしたが、飲み下すことさえ出来ない。

これだけでも相当にすごいが、ここまではあくまで、共犯者を自白させるための〝拷問〟に過ぎない。これからが、いよいよ本物の〝刑罰〟なのだ。

三時にラヴァイヤクが監獄から引きだされると、大勢の監獄仲間がまわりに群がり、口々に「裏切者！」、「悪党！」などとののしった。裁判所の所員たちが止めなければ、彼は殴り殺されていただろう。

彼はようやく運搬車に押しこまれたが、車が街中を行くあいだ、興奮した群衆がののしりを浴びせつづけた。いよいよ断頭台にあがり、短刀を手に国王を狙った右手に、赤々と

執行吏は、事前に死刑囚の関節を切り、裂けやすくしておいた

燃える炎がおしつけられると、ラヴァイヤクは顔を引きつらせて絶叫した。つぎに死刑執行人が、真っ赤に焼けたやっとこで彼の胸の肉を引きむしっていく。

それを群衆は興奮して、「もっとやれ、もっとやれ!」と、やいやいはやし立てるのだ。

さらに溶けた鉛と煮えたぎる油が、傷口にかけられ、ラヴァイヤクはひっきりなしに悲鳴をあげつづけた。死刑囚のために祈禱をあげる段になったが、群衆は祈禱反対を叫んで騒ぎだした。こんな大悪党に祈りなど無用だというのだ。結局、祈禱は中止せざるを得なかった。

いよいよラヴァイヤクは、四本の手足をそれぞれ、四頭の馬の脚に結びつけられた。力まかせに鞭があてられると、馬は跳びあがってそれぞれの方向に走りだした。ラヴァイヤクの体がものすごい力で四方に引き裂かれるが、関節がのびきっただけで、手足はまだ体から離れない。

いらだった数人の群衆が、馬などにまかせておけないと、力まかせに縄を引っぱりはじめた。さらに見物人のなかにいた貴族の一人が、馬から飛びおりて、疲れた馬のかわりに自分の馬を提供すると言いだした。

こうしてまる一時間のあいだ馬に引かれつづけたが、いまだにラヴァイヤクの手足は体からはなれない。苛立った群衆がついに彼に突進して、手にした棒や短刀で、彼の半死半生になった体を力まかせになぐりつけ、しまいにはずたずたに切りきざんだりした。

あげくは執行人の手から無理やり哀れな残骸(ざんがい)をもぎとると、大騒ぎしながら大通りをひきずりまわし、しまいに街のはずれでその残骸に火をつけて焼き捨ててしまったという。

四つ裂きの刑（2）

やはり四つ裂きの刑に処せられたフランソワ・ダミアンは、一七五七年に国王ルイ一五世を殺そうとした。未遂に終わったにもかかわらず、ラヴァイヤクと同じく四つ裂きの刑に処せられたのである。

ダミアンは処刑の前に、つぎのような措置をほどこされることになった。

1、胸と手足を、焼き棒で突く。
2、その傷口に、鉛と油と樹脂と蠟と硫黄を熱したものを注ぎこむ。
3、特に短刀を使った右手は、彼がまだ息のあるうちに、火で丸ごと焼く。さらに四頭の馬に引かせて囚人の四肢をばらばらにし、それを火で焼く。

死刑当日、ダミアンは、二時間半にわたって残酷な拷問にかけられたあと、囚人護送車に乗せられて、グレーヴ広場（現市庁舎広場）の刑場に連行された。

広場には大勢の群衆が押しかけ、通りに面した窓という窓からも、見物人がのぞいている。そのなかに、じつはあの色男カサノヴァも混じっていた。この処刑を見物するため、わざわざ友人と一緒に広場に面した窓を借りていたのだ。

午後五時、いよいよ刑が始まった。まず平鍋(ひらなべ)のうえの燃える炭火で、ダミアンの右手が焼かれたが、本人は気も失わず耐えぬいた。つぎに焼き棒で身体(からだ)を突かれたが、これも、あまりの苦しみで気でも狂ったのか、ダミアンは口から泡を吹いて悶絶(もんぜつ)しながらも、執行吏を「もっとひどくやれ、もっとひどく……」と反対にはげますのだった。

そしていよいよダミアンの四肢が、四頭の馬の脚に引き皮で結びつけられる。執行吏の合図で馬に力いっぱい鞭(むち)があてられ、いっせいに馬が四方に走り出した。しかし、ダミアンの四肢はびくともしない。二度、三度とやっても同じで、本人の関節は伸びきっても、まだ手脚は身体から離れないのだ。

これではらちがあかないと見た執行吏は、関節と腱(けん)を切ることを願いでて許可された。かくてようやく手脚が身体から離れ、ダミアンも地獄のような苦しみから解放されることが出来たというわけである。

こんなことがわずか二〇〇年前に、慈悲心のかけらもない残酷な群衆の目前でおこなわれたのである。

じつは処刑の経過報告を受けたとき、ルイ一五世は思わず涙ぐんだという。哀れなダミアンに同情したのは、じつに被害者の国王ただ一人だったというわけだ……。

飲んだくれのマント

はた迷惑な酔っぱらいのためには、「飲んだくれのマント」なる刑罰があった。底をぶちぬいた大樽(おおだる)で、上に穴があいている。この樽をかぶらされ、上の穴から頭だけを出して、罪人は町中を引きまわされるわけである。一七世紀イギリスで、庶民に大変人気のあった刑罰だそうだ。

「飲んだくれのマント」は、時おり酔っぱらい以外の罪人に用いられることもある。イギリスの日記作家ジョン・イーブリンは一六三四年に、浮気妻が重そうな木製の樽をすっぽりかぶらされ、上の穴から頭だけをのぞかせて、町中を引きまわされ、皆からやんやはやしたてられるのを目撃している。

中国でも、強盗や賭博(とばく)などの犯罪者に、同じような刑罰があった。カンゲ(首かせ)という大きな四角い木の板で、まんなかに首を出す穴があいている。被告は犯罪の程度によって、これを一定期間のあいだ首にはめていなければならなかった。

借金をふみたおした債務者も、債権者がよしというまで、このカンゲをつけていなければならない。カンゲを首にかけられているあいだは、被告は誰かが食べさせてくれないかぎり何も食べることが出来ない。人気のある罪人は、それでも誰かが物を食べさせてくれることもあるが、人気のない罪人は飢えと渇きで死んでしまうのはしょっちゅうだった。

やはり見せしめの刑の一種で、「さらし台」というのもある。地上から数フィートの高さの木柱の上のほうに、長方形の木板がついている。被告は木柱の後ろに立ち、木板に開いた三つの穴に、頭と両手をはめられて、みせものにされる。

ときにはさらし台がもっと大規模になって、複数の罪人を同時にさらし者にすることも出来た。罪人が嫌われ者のときは、群衆がてんでに石や瓦礫を投げつけ、なぶりものにして殺してしまうようなことも起こる。

さらにひどいものになると、罪人をさらし台にさらすとき、両の耳を木板に釘で打ちつけて、釈放する直前に切断したり、あるいは鼻をそいだり、顔に烙印をおしたりすることもあった。

ゆりかごの拷問

ドイツでおこなわれた拷問で、〝ゆりかご〟というのがある。浴槽ぐらいの大きさの、鉄製のゆりかごだが、内側には釘（くぎ）のようなとがったものが沢山生えている。

裸にされ、手足を縛られた罪人が、このゆりかごに寝かせられる。執行人がゆりかごをゆすぶると、罪人のからだはあっちにコロリ、こっちにコロリと転がされ、しまいには全身が釘で引き裂かれて血まみれになってしまう。

やはりドイツの拷問で、〝刺（とげ）のあるうさぎ〟というのもある。梯子（はしご）のうえに裸にした囚人を長々と横たえ、そのうえを無数の釘が飛びだした木製のローラーを、力まかせに押しつけながら転がしていく。

〝刺（とげ）のある輪〟というのもある。内側に釘が沢山飛びだした鉄製の輪のことで、これを首にはめられたら最後、首のまわりを無数の釘に突き刺され、気が狂いそうな痛みのまま、首をまっすぐ伸ばし、ビクとも動かすことができない。

やはりドイツでおこなわれた、〝やっとこの拷問〟というのもある。やっとこを真っ赤になるまで火のなかで熱して、それで囚人の肉を焼きちぎり、舌をねじりとり、鼻や耳をそぎとるのである。

囚人の身も凍るような絶叫が響きわたり、肉がじゅうじゅう焼ける臭いが周囲に立ちこめる。まさに地獄絵図とは、このことであろう。

〝蜘蛛〟という拷問は、もっぱら女の囚人相手に用いられた。〝蜘蛛〟というのは、壁から突き出た二本の鉄棒に、先の曲がった鉄釘がついた器具のこと。これで真っ裸に剝いた女たちのからだを引きずりまわすと、それこそ文字どおり、女たちの肉体は千々に引き裂かれ、乳房は残酷にもぎとられてしまうというわけだ。

ブーツの拷問

フランス式の拷問で、「ブーツ」という足かせ刑がある。有名なところでは、フランス国王アンリ四世の暗殺者、ラヴァイヤクがこの拷問にかけられている。

足かせ刑のなかでも、一般的なのはつぎのようなものだ。まず囚人を椅子(いす)にすわらせ、きっちりくっつけた両脚を、膝(ひざ)からかかとまで、二枚の板ではさみ、板の両端を鉄の枠組(わくぐみ)でしっかりと止める。

こうして両脚を締めつけてから、木のくさびを槌(つち)で叩(たた)きこむのだが、一つのくさびは板の内側と両脚のあいだに、もう一つのくさびは板の外側と周囲の枠組のあいだに打ちこまれた。

槌で打たれるたびに、囚人の顔は激しい苦痛でゆがむ。ものすごい力で締めつけられるので、しまいに両脚はグニャグニャに砕けてしまうのだ。

このバリエーションに、つぎのようなものもある。腰かけに後ろ手に縛った囚人をすわらせ、両脚の内外に木片をあて、縄でしっかりくくりつける。そしてまん中の板のあいだに、ふつうは四個、特別なときは八個のくさびを槌で打ちこむのだが、八個もくさびを打つと、文字どおり脚の肉が炸裂し、骨までとびだしたという。

囚人の両脚に、羊皮の長靴下をはかせるという拷問もあった。靴下が濡れているうちに脚にはかせるのだが、これを火であぶると、羊皮がギュッと縮んで脚を締めつけ、それこそ耐えがたい苦しさになる。

フランスのオウトゥンで用いられた足かせ刑で、こんなものもある。まず囚人を椅子に縛りつけ、小さな穴がいくつもあいた皮靴を足にはかせる。そのうえから大量の熱湯をそそぐと、靴のなかにしみとおって、それこそ肉をふやかし骨まで溶かしたという。

スペインでは「スペイン式ブーツ」なる足かせ刑があった。ふくらはぎまでの長さの金属製ブーツを囚人にはかせ、沸騰した熱湯、どろどろのコールタール、あるいは煮えかえった油をそのなかに注ぎこむ。

このバリエーションに、内側に鉄のこぶしが突きだした木製ブーツもある。捩子を締めると、鉄のこぶしが脚に深く食いこんで壮絶な苦しみを与え、しまいには完全に骨をくだいてしまうという具合である。

主に中国でおこなわれた拷問の一つに、〝親指ねじりの刑〟というのがある。二つの鉄の小穴の中に親指をいれ、捩子で締めあげて、親指の骨を粉砕させる方法である。

スコットランドの聖職者で、一六八二年に、ライ家陰謀事件に関与したかどで逮捕されたウィリアム・カーステアズは、一時間半にわたってこの親指ねじりの刑に処されている。

カーステアズはオレンジ公ウィリアム（のちのウィリアム三世）の友人だったから、革命後、その親指ねじり器はカーステアズにプレゼントされた。

ウィリアム三世は、自分もぜひそれを見せてくれとねだり、面白半分に自分の親指を入れて試してみたが、すぐにウウッと呻いて止めてしまい、「オレだったら、一捩りされただけで、何もかも吐いちまうだろうな」と、つくづく嘆息したと伝えられる。

ガミガミ女のくつわ

見せしめの刑で、〝懲罰椅子（カッキング・ストゥール）〟というのがある。いんちきビールを売りつけた奴を、家の戸口の椅子にすわらせて縛りつけておく刑罰である。

これによく似たので、〝水責め椅子（ダッキング・ストゥール）〟というのもある。さらにユーモラス（？）な、ガミガミ女をこらしめるための刑罰である。長い角材の先に椅子をとりつけ、これに罪人を座らせて池や川にしずめるというしろものだ。

水責め椅子を改良した、〝水責め檻〟なるものもある。高さ約六フィートの樫材の檻のなかに罪人を閉じこめ、何度も水につけては引きあげる。罪人は多量の水を飲んであっぷあっぷ、ときには本当に溺れ死にしてしまった者も……。

やはりガミガミ女に与える罰で、〝ガミガミ女のくつわ〟という、女の顔にかぶせる鉄の仮面もある。仮面の内側ににぎりこぶし大の鉄のかたまりが飛びだしていて、それが女の口にはめこまれ、ものが言えなくなってしまう。ときにはその鉄のかたまりの周囲にトゲがついていることもあり、これをはめられると、口のなかが傷だらけになってしまう。

捩子をきつく巻くと、鉄仮面はぐいぐい罪人の顔を締めつけて、恐ろしい苦痛を与える。

鉄仮面の両眼のあたる部分がへこんでいるのは、あまり強烈な圧力を与えるため、眼球が飛びだすことがあるのを考慮してのことだそうだ。

　こんな仮面をかぶせられ、女たちは町中を引きまわされたのである。

　インドでは、象に罪人を踏みつぶさせる刑罰があった。一八一四年にボンベイで、主人を殺した一人の奴隷がこの刑を受けた。

　死刑場に、背中に一人の御者をのせた象が引きだされてくる。その三ヤードほど後ろでは、被告が地面に横たえられて、太い縄で脚を縛られ、縄の先端を象の右後ろ足の環にしっかりくくりつけられる。

　象が一歩動くたびに、そのつど罪人は前方へぐいと引っぱられる。それこそ八―一〇歩ほども進むと、手足はすっかり脱臼（だっきゅう）してしまう。

　泥にまみれて、罪人は苦悶（くもん）の絶頂でもがきつづけるが、一時間ばかりそうして責めぬかれたあげく、最後には市外に運ばれ、特別に訓練された別の象が罪人の頭を足で踏んで、最後の息の根をとめるというわけだ。

水責め椅子に座った罪人は、普通三回水につけられた

電気椅子(いす)の処刑

一八八九年三月二八日、アメリカのニューヨーク州オーバーン刑務所で、ケムラーという男が、殺人罪で死刑の判決を受けた。当時ニューヨーク州は、世界初の電気椅子の死刑を取り入れたばかりだった。死刑囚が死ぬまで、交流電気をからだに通すというやり方である。

しかし、交流電気の発明者であるウェスティングハウスが、電気椅子第一号による死刑のために、発電機を提供することを断ったので、かのエジソンが、自分の発明した直流電気による発電機を、ニューヨークにとりよせて電気椅子に接続することになった。

当時エジソンは、自分が発明した直流電気は安全だが、ウェスティングハウスが発明した交流電気は、家庭用に使うには危険だと主張していたのだ。

処刑は、一八九〇年八月六日におこなわれた。被告のケムラーは、二〇〇〇ボルトの電流をからだに通されたが、死刑が終わって執行人が彼を椅子からおろそうとすると、かすかに息をふきかえし、身悶(みもだ)えしはじめた。驚いた看守は大声で、「早く、早く、電流を!」と叫んだ。

このエピソードが伝わると、〝野蛮な〟電気椅子への抗議の声が沸きおこり、エジソンが主張する直流電気も、実はそれほど安全ではないのではという疑いが人々のあいだに広まった。それに直流は、ウェスティングハウスの交流より経費がかかるのだ。

電気椅子の構造は、つぎのようなものである。椅子は大きな木製で、肘かけと背もたれがついている。それに座らされた死刑囚は、手足と胴体を八本の革ベルトで、座席に縛りつけられる。死刑囚のズボンの下部は切りさかれていて、後頭部の一か所がカミソリでそってある。

つぎに執行人が、死刑囚の顔にマスクをかぶせる。これはむしろ死刑囚の恐怖を高めることになってしまうが、実はこのマスクは死刑囚自身のためではなく、電撃の作用で死刑囚の顔に生じる恐ろしいゆがみが、執行人や立会い人から見えないようにするためであった。

いよいよ死刑囚のむきだしの脚に、銅板状の電極が接着され、もう一つの電極は、頭のカミソリでそった個所に接着される。二つの電極は電源とつながっており、執行人が配電板に近づき、所長の合図でハンドルをまわすと電流が通じるようになっている。

一回目の電圧は二〇〇〇ボルトで、最初の一撃で死刑囚のからだは、ものすごい力でベルトに押しつけられたという。口から喉にかけて赤紫色になり、頭頂から煙があがって、焦げくさい臭いがひろがった。

約一五秒間、突入電流を通されたあと、電圧は五〇〇ボルトに下げられるが、つぎにまた、二〇〇〇ボルトにあげられる。一般家庭の電圧は二二〇ボルトだというから、そのすごさが分かるだろう。

約三分ですべてが終わり、執行人が電源を切ると、立会いの医師が死を確認し、ベルトからはずした死体は、ただちに隣室で解剖に処せられるというわけだ。

電気椅子の賛成者は、電流の速度は、脳が感情に反応する速度の七〇倍にもなるから、この方法なら絶対苦しむことはないと主張する。しかし、電気椅子といえども、道具に過ぎない。ときには故障することだってあるのだ。

一八九三年には、ある罪人が、椅子が故障したため、一時間以上も死刑執行を待たされたことがある。恐ろしい待ち時間のあいだ、死刑囚は何度も気を失ったため、処刑にそなえて気つけ薬を飲まされたという。

また、電流に対するからだの反応が、人によって違うという難点もある。ときにはすごい電流にも耐えられる人がいるのだ。たとえばオハイオ州の電気椅子で処刑されたホワイトという男は、最初の突入電流のあとも、心臓が動いていた。

そこに電圧を三倍にしたら、彼のからだからパッと炎があがり、肉のジュッと焼ける臭いがした。つまり、ホワイトは電撃で死んだのではなく、焼き殺されたのだ。

一九二九年に、オーバーン刑務所で処刑されたファーマーという女性の場合は、もっと悲惨である。彼女はみるからに大女で、抵抗力が強そうに見えた。死刑執行人がファーマー嬢のからだに一分間の突入電流をかけると、突然マスクのむこうから彼女の鋭い悲鳴が聞こえた。

驚いた執行人が、大急ぎで二〇〇〇ボルトの電流を通してみたが、それでも彼女は生きていた。さらに四回、執行人がこの作業をくりかえして、約一時間後にようやくのことで息を引きとったという。これでは中世の拷問とちっとも違わない、恐ろしさではないか……。

参考資料表（洋書は省略させて頂きます）

永井路子「歴史をさわがせた女たち」文芸春秋

駒田伸二「世界の悪女たち」文芸春秋

鬼塚五十一「神が示す大いなる奇跡」学習研究社

千代崎秀雄「聖書おもしろ事典」有斐閣

K.B.レーダー「図説・死刑物語」原書房

庄司浅水「秘められた世界史」社会思想社

吉田八岑「悪魔考」薔薇十字社

アラン・ドゥコー「フランス女性の歴史（全三巻）」大修館書店

吉田八岑「尼僧と悪魔」北宋社

ルノートル他「フランス革命史（全三巻）」白水社

J.E.ニール「エリザベス女王（全二巻）」みすず書房

ツヴァイク「マリー・アントワネット（全二巻）」角川書店

飯塚信雄「デュバリー伯爵夫人と王妃マリ・アントワネット」文化出版局

小西章子「華麗なる二人の女王の闘い」鎌倉書房

遠藤周作「王妃マリー・アントワネット（全三巻）」朝日新聞社

カストロ「マリー・アントワネット（全二巻）」みすず書房

川島ルミ子「フランス革命秘話」大修館書店

三浦一郎「世界史の中の女性たち」社会思想社

桐生操「世界史・悪女のスキャンダル」日本文芸社

藤原宰太郎「死の名場面」KKベストセラーズ

関楠生「西洋史エピソード集」社会思想社

澁澤龍彦「女のエピソード」大和書房
武内武夫他「怪奇人間」学習研究社
秀村欣二「ネロ」中央公論社
井上宗和「ヨーロッパ古城の旅」角川書店
出口保夫「イギリス怪奇物語」潮文社
田村秀夫「イギリスの旅」三修社
桐生　操「世界史の謎がズバリ！　わかる本（全三巻）」青春出版社
イーフー・トゥアン「恐怖の博物誌」工作舎
森　護「英国王室史話」大修館書店
「澁澤龍彦集成（全六巻）」桃源社
種村季弘「悪魔禮拝」青土社
桐生　操「王妃メアリー・ステュアート」新書館
桐生　操「きれいなお城の残酷な話」大和書房
桐生　操「きれいなお城の怖い話」大和書房
ギボン「ローマ帝国衰亡史」筑摩書房
出口　椿「闇の博物誌」青弓社
I.モンタネッリ「ローマの歴史」中央公論社
デュラント「世界の歴史」日本ブック・クラブ
パウル・フリッシャウアー「世界風俗史（全三巻）」河出書房新社
オットー・キーファー「古代・ローマ風俗文化史」桃源社
スウェートニウス「ローマ皇帝伝（上下）」
コリン・ウィルソン「世界残酷物語（上下）」
現代思潮社
青土社
沢登佳人他「性倒錯の世界」荒地出版社
「世界の歴史（全12巻）」社会思想社
「世界の歴史（全16巻）」中央公論社
神代康隆「魔術師ヒトラー」学習研究社
友成純一「ジャック・ザ・リッパー」ＪＩＣＣ
M.チェンバース「シークレット・シティ・ロ

ンドン」 北星堂
J.A.ブルックス「倫敦幽霊紳士録」リブロポート
ギイ・ブルトン他「続・西洋歴史奇譚」白水社
野島秀勝「迷宮の女たち」TBSブリタニカ
フレイザー「スコットランド女王メアリ」中央公論社
ツヴァイク「メリー・スチュアート」みすず書房
桐生操「世界史・迷宮のミステリー」KKベストセラーズ
桐生操「世界史・悪女のミステリー」KKベストセラーズ
堀越孝一「ジャンヌ・ダルクの百年戦争」清水書院
アンドレ・ボシュア「ジャンヌ・ダルク」白水社
ノルベルト・ヴァレンティーニ他「ベアトリーチェ・チェンチ」河出書房新社
桐生操「びっくり! 世界史・無用の雑学知識(全三巻)」KKベストセラーズ
桐生操「世界史・世紀の悪党たち」日本文芸社
桐生操「世界史・悪の帝王たち」日本文芸社
ヴァルテル「ネロ」みすず書房
ニコラエ・ストイチェスク「ドラキュラ伯爵のこと」恒文社
オルダス・ハクスリー「ルーダンの悪魔」人文書院
ジュール・ミシュレ「ジャンヌ・ダルク」中央公論社
レナード・ウルフ「青髯ジル・ド・レー」中央公論社
キャロリー・エリクソン「アン・ブリンの生涯」芸立出版
アラン・モネスティエ「世界犯罪者列伝」J

ＩＣＣ　歴史読本ワールド「世界史謎の十大事件」新人物往来社
澁澤龍彦「悪魔のいる文学史」中央公論社
マッシモ・グリッランディ「マタハリ」中央公論社
中田耕治「淫蕩なる貴婦人の生涯」集英社
戸張規子「ルイ一四世と悲恋の女たち」人文書院
ルイ・ベルトラン「王朝の光と影」白水社
窪田般弥「ヴェルサイユの苑」白水社
塩野七生「愛の年代記」新潮社
庄司浅水「世界の秘話」社会思想社
アルトナン・アルトー「ヘリオガバルス」白水社
須永朝彦「血のアラベスク」新書館
堀井敏夫「パリ市の裏通り」白水社
渡邊昌美「フランス中世史実夜話」白水社
「月刊ムー　No.１５４」学習研究社
ムー特別編集「世界ミステリー人物大事典」学習研究社
歴史読本ワールド「愛と悲劇のヒロイン」新人物往来社
歴史読本ワールド「魔性のヒロイン」新人物往来社
歴史読本ワールド「フランス革命のナポレオン」新人物往来社
大場正史「西洋拷問刑罰史」雄山閣

角川文庫発刊に際して

角川源義

第二次世界大戦の敗北は、軍事力の敗北であった以上に、私たちの若い文化力の敗退であった。私たちの文化が戦争に対して如何に無力であり、単なるあだ花に過ぎなかったかを、私たちは身を以て体験し痛感した。西洋近代文化の摂取にとって、明治以後八十年の歳月は決して短かすぎたとは言えない。にもかかわらず、近代文化の伝統を確立し、自由な批判と柔軟な良識に富む文化層として自らを形成することに私たちは失敗して来た。そしてこれは、各層への文化の普及滲透を任務とする出版人の責任でもあった。

一九四五年以来、私たちは再び振出しに戻り、第一歩から踏み出すことを余儀なくされた。これは大きな不幸ではあるが、反面、これまでの混沌・未熟・歪曲の中にあった我が国の文化に秩序と確たる基礎を齎らすためには絶好の機会でもある。角川書店は、このような祖国の文化的危機にあたり、微力をも顧みず再建の礎石たるべき抱負と決意とをもって出発したが、ここに創立以来の念願を果すべく角川文庫を発刊する。これまで刊行されたあらゆる全集叢書文庫類の長所と短所とを検討し、古今東西の不朽の典籍を、良心的編集のもとに、廉価に、そして書架にふさわしい美本として、多くのひとびとに提供しようとする。しかし私たちは徒らに百科全書的な知識のジレッタントを作ることを目的とせず、あくまで祖国の文化に秩序と再建への道を示し、この文庫を角川書店の栄ある事業として、今後永久に継続発展せしめ、学芸と教養との殿堂として大成せんことを期したい。多くの読書子の愛情ある忠言と支持とによって、この希望と抱負とを完遂せしめられんことを願う。

一九四九年五月三日

KADOKAWA HORROR BUNKO

美しき拷問の本

桐生 操

角川ホラー文庫　H28-1　9410

平成6年7月10日　初版発行
平成9年2月20日　8版発行

発行者———角川歴彦
発行所———株式会社角川書店
東京都千代田区富士見2-13-3
電話/編集部(03)3238-8451
営業部(03)3238-8521
〒102　振替00130-9-195208
印刷所———新興印刷　製本所———多摩文庫
装幀者———田島照久

ISBN4-04-193801-5 C0195